灵魂的香味

张佳羽 马昱萱 本亚培 孙 政
周其运 夏 木 王天一 戚昊苏 /等著

中央编译出版社
Central Compilation & Translation Press

图书在版编目（CIP）数据

灵魂的香味 / 张佳羽等著．
—北京：中央编译出版社，2015.3
（校园文摘系列丛书 / 万亿主编）
ISBN 978-7-5117-2357-4

Ⅰ．①灵… Ⅱ．①张… Ⅲ．①作文–中学–选集
Ⅳ．① H194.5

中国版本图书馆 CIP 数据核字（2014）第 233969 号

灵魂的香味

出 版 人	刘明清
出版统筹	董　巍
责任编辑	邓永标
责任印制	尹　珺
出版发行	中央编译出版社
地　　址	北京市西城区车公庄大街乙 5 号鸿儒大厦 B 座（100044）
电　　话	（010）52612345（总编室）　（010）52612371（编辑室）
	（010）52612316（发行部）　（010）52612317（网络销售）
	（010）52612346（馆配部）　（010）55626985（读者服务部）
传　　真	（010）66515838
经　　销	全国新华书店
印　　刷	北京威远印刷有限公司
开　　本	710 毫米 × 1000 毫米　1/16
字　　数	206 千字
印　　张	14
版　　次	2015 年 3 月第 1 版第 1 次印刷
定　　价	29.00 元

网　　址　www.cctphome.com　　邮　箱：cctp@cctphome.com
新浪微博：@中央编译出版社　　微　信：中央编译出版社（ID：cctphome）
淘宝店铺：中央编译出版社直销店（http：//shop108367160.taobao.com）（010）52612349

本社常年法律顾问：北京市吴栾赵阎律师事务所律师　闫军　梁勤
凡有印装质量问题，本社负责调换。电话：（010）55626985

▶ 繁星梦

中国梦——我心中的梦（文/孙政）…………………… 002
扬帆而行，梦之大学（文/本亚培）…………………… 004
中国，梦翼（文/本亚培）……………………………… 008
中国文学，会飞翔的文化（文/陈昱丞）……………… 011
点亮心灵（文/翟阳）…………………………………… 013
以英雄为榜样，传递正能量（文/高继骏）…………… 016
一个北方姑娘的南方之旅（文/夏木）………………… 020
丑小鸭（文/徐毅）……………………………………… 023
珍重过往（文/叔秋）…………………………………… 024
战胜自己（文/任嘉宁）………………………………… 028
等待周庄（文/汪怡君）………………………………… 031

▶ 青春驿站

松绑的青春——亲历北京四中道元实验班生活（文/王宇乔）…… 036
片段（文/张旭萌）……………………………………… 043
在青春的旅途中（文/本亚培）………………………… 045

这是我们的舞台（文／王天一） 049

幸福来敲门（文／王天一） 052

借一世尘缘（文／苏问） 054

心境的变迁（文／戚昊苏） 055

爱你现在的时光（文／夏木） 060

初恋（文／羲和） 063

致另一个我——给亲爱的朱小奕（文／叔秋） 065

困兽的小忧伤（文／汪怡君） 067

昭然头发跳起来（文／张佳羽） 069

在路上（文／张旭萌） 074

2014（文／张佳羽） 076

如果没有你们（文／苏问） 079

邂逅（文／羲和） 084

我的自传（文／李奕含） 086

天堂和地狱的距离（文／羲和） 088

▶ 亲情树

青青园葵，逐日择光——记我的导师刘葵女士（文／王宇乔） 092

故乡，乡村老家桂花香（文／匡金火） 095

13岁，我多了一份孝敬（文／翟阳） 097

那一刻，我的世界春暖花开（文／邢兆艺） 099

还有多少爱可以重来（文／田原宁） 101

你是最美的风景——写给我心目中的好老师（文／张倩） 103

母爱的力量（文／周其运） 105

偶遇（文／戚昊苏） 106

被遗忘的长亭（文／杨睿泠） 108

父亲的箴言（文／张以进） ... 110

发短信的女人（文／夏木） ... 113

嘿，小家伙，说真的，我很高兴遇见你（文／小白菜） ... 114

▶ 鬼马狂想曲

楼妈斗懒猫（文／张佳羽） ... 120

假如我是李白（文／孙茂硕） ... 123

蜗牛的理想（文／贾新元） ... 125

假如我们长了鲨鱼牙（文／马昊萱） ... 128

我是一张一元的钞票（文／谢泓仪） ... 130

生命绽放的炫美（文／辛宇） ... 131

给圣诞老人的一封信（文／蒋馨荷） ... 133

星球大会（文／王振媛） ... 135

地球的呼救（文／代萌萌） ... 137

铅笔的自述（文／马雨） ... 139

反转（文／张佳羽） ... 141

我想象中的一年四季（文／汪怡君） ... 145

▶ 自然物语

秋之白桦（文／吕宁） ... 148

落叶遐思（文／吕晓雪） ... 150

又见枝头吐新绿（文／李瑞琪） ... 152

触摸四季（文／刘雨） ... 154

无脚鸟（文／汪怡君） ... 156

叶的一生（文／潘若铠） ... 158

秋（文／张永鑫） ... 160

杨梅（文/戚昊苏） ... 162

生机（文/戚昊苏） ... 164

▶ 家乡素描

写意乌溪江（文/俞天一） ... 166

美丽信阳我的家（文/周其运） ... 169

家乡的小溪（文/朱文婷） ... 173

家乡海州一瞥（文/范荣荣） ... 175

▶ 读书沙龙

对死的解读（文/戚昊苏） ... 178

悲剧的力量（文/周其运） ... 180

灵魂的香味（文/郑洁） ... 183

放弃平庸忠于职守——读《把信送给加西亚》有感（文/王旭） ... 185

梦想的真谛——重读《根鸟》有感（文/董飞） ... 187

孔子的缺陷（文/周其运） ... 189

假如给我十年假期——《长达十年的假期》读后感（文/李思奇） ... 194

善恶之异天下殊——读《中国通史》有感（文/荆卓然） ... 197

《骆驼祥子》读后感（文/翟阳） ... 199

坚持，成功的翅膀——读《一头灵魂出窍的猪》有感（文/黄鑫晨）
... 201

司马迁考妻的故事（文/匡天龙） ... 203

表姐们的后现代传统人生（文/如风） ... 204

繁星梦

中国梦——我心中的梦

文 / 孙政

小鸟的梦是飞越高山峻岭，
小草的梦是绿遍田野山川，
小溪的梦是滋润戈壁绿洲，
大地的梦是养育千万生灵，
而我也有一个梦，
就是实现美丽的中国梦。

小鸟告诉我，中国梦就是快快地长大。
小草告诉我，中国梦就是绿色的理想。
小溪告诉我，中国梦就是快乐地歌唱。
大地告诉我，中国梦就是绽放生命的美丽。
而我要大声地告诉你：
中国梦就是为中华崛起而读书的梦！

因为有了中国梦，
小鸟不再孤单，振翅高飞。
小草不再脆弱，挺直了脊梁。
小溪不再烦恼，乐观向上。

大地不再叹气,生机盎然。

而我,因为有了中国梦。

更加活力无限!

中国梦,我心中的梦

我愿用我的知识

用我的智慧

用我的双手

托起未来的中国梦!

中国梦——为中华崛起而读书的梦!

中国梦——永不停歇的梦!

中国梦——我心中美丽的梦!

扬帆而行，梦之大学

文 / 本亚培

拉开窗帘，阳光只有一种颜色，却折射了所有的光。

——题记

岁月的褶皱印记了回忆里的沙漏，时间的年轮拨开了未来的懵懂，人生的航标引领了前进的长路。而我们，在大学这个尽情绽放的舞台中，扬帆而行。

窗外绵绵絮飞扬，此去经年尚自由。关于杨花的故事，唯徒羡其自由，并不像东坡那样领略她的伤感。"春色三分，两分尘土，一分流水"。杨花是整个春天的点缀，是校园里最纯洁最浪漫的一方净土。她随心所欲铺满大地，她自然而然飘飞空中，她安详静谧遗在角落。她在的地方，都有世界里温柔的手指将她呵护。而我们却正如杨花，脱离了高中封闭禁锢的环境，在盎然生机的校园里畅游。做想做的事，看想看的景，去想去的远方。自由，便成了促使我们前进的有力的臂膀，也是一种让我们为了某个目标某个梦想奋不顾身的依靠。我一直相信，我们都是有梦想的。因为我们一直在行走。

"崇德励志，博学敬业"，每当看到学校里最醒目的这些字眼，就觉得心中有股热血想要喷涌出来。就像一直以来所热切的事情在曲折的过程中演绎出完美的句号。我在这里学会了读书，学会了思考。犹记得开学时带着毫无掩饰的喜悦拿到一本本陌生而又向往的书。洗干净的手轻轻揩去蒙上的细小灰尘，然后爱不释手地视它们为宝贝，不许任何人亵渎它们的庄重和典雅。有人对我说："你疯了吧？"是啊！我疯了，我为剪不断的书中的哲理所控制，那一页页的话如暖流般径直渗透进我的心里。心春暖花开，天气安好。然而这仅仅是我内心的一个小天地。真正撼动我的是图书馆浩如烟海的宝藏和人来人往的求知者。"知我者，为我心忧。不知我者，为我何求？心悠悠，梦悠悠。"其实来来往往的人群中，他们心中必然有一份走出心灵沼泽的世外桃源，才会在这个信息时代不停地奔走于学习之路，在自己的人生中书写饱满的一页。在学校的空白处渲染上色彩斑斓，于是不停地行走。

"若安之若素做一个安静的书呆子如何？"这是一个文学执迷者曾经问过我的问题。"不然，若不去开阔自己的视野，不去看一下外面的世界，不让自己的头脑更加清醒。那么，在书中所享受到的也只是隔靴搔痒般平凡；那么，文学来源于生活、服务于生活的便不堪一击了。"他似懂非懂地点了点头。大学里到处都是五彩缤纷的活动，你从来都不会觉得人生之光明就这样接二连三地绽放。迎新晚会上那个关于兄弟情感的小品感动了很多人，我也一瞬间热泪盈眶。触动心灵的时刻，便如生命中真正出现过那般真实。其实有时候撼动人的不是大悲大喜的悲欢离合，而是生活中微小的不做作的片段。因为它真正涌入我们的思想。主持人风采大赛中，那个从小朋友的视角来展示自己主持才艺的同学令全场为之鼓掌。他做少儿节目的主持人，不是以一个庞大的树荫去呵护、爱护小朋友，而是让自己的心境滑落到了一个童真的境界。他这样去体会儿童的心理，才更好地使两颗不一样的心快速融到一起，激发小朋友的快乐和兴趣。如果我们对待小朋友能以童真之心去相处，而不是带有一种爱怜的情怀，那么也许就更有另一番味道。这是我对于他的创新的一种赞扬和佩服。社联十周年晚会上，那潇洒动人的歌曲无疑会引起每个人对生命的一种崇敬,很多女歌手曾经给人感觉是娇羞的美好,但那个歌手却颠覆了以往的形象,转身变成了一个摇滚者。她的歌声,似乎充满了洗尽铅华后的不甘,唱出了有些难以启齿的隐喻,那是真正在用生命歌唱。第一次上台演出是鼓足了极大的勇气登上了属于自己的舞台,到现在为止想起来那时刻的心情还是有些颤动,不是久未登台而是因自己天生所具有的胆怯。我总不能像其他人那样平静,当我像做了一场梦似的表演完自己的角色,只恍惚听到下面的笑声,也许他们笑了,我就成功了。记得第一次社团开会时社长就问了我们许多关于生活关于行走的问题,我很用心地在试卷上写下了自己的憧憬。其实就是在这每次的活动中才会更加深刻悟出生命的意义,也就是不在于你得到了什

么,而在于你得到的过程,也许心酸,也许快乐,但这是非常珍贵的人生财富,会在以后的生活中给你指明方向。至少,我们不会在同一个地方摔第二跤了,不是吗?

时间是从来不流逝的,流逝的是我们,因为我们的生命太过于短暂,才会觉得万物是流动的。所以只有一直迈着前进的步伐,才能追得上时间的脚步。大学亦是茫茫无边的海洋,在这个广阔的地域中,我愿做一艘不离不弃的船只,随着风帆驶向美丽的彼岸,愿彼岸之花开如火花之旺盛,如河流之汹涌。美丽的灯塔,照耀着一切。

愿扬帆而行,绽放之大学。

中国，梦翼

文 / 本亚培

假如时光倒流

我会轻撷起您的勇敢

像触摸温柔的花瓣

任它飘落在指尖

手指一挥，就是一道必胜的明天

梦，在前方召唤

路，在脚下延伸

想起您当时的信誓旦旦

争国权，除国贼，拒合约

昂扬不尽的壮志如火一般燃烧

燃烧吧！燃烧吧！

烧破军阀谎言中美丽的梦

拯救世人可悲的灵魂

红烛终究战胜了死水

东方地平线升起了梦的大门

当五星红旗冉冉升起

激情却不会因时间而远离
这是烈士的鲜血染红的
是江姐绣出来的肝胆忠心
是红岩战士们的斑斑血迹
有的人死了，他还活着
活在今夕辉煌灿烂的祖国
沉淀着天安门广场感人肺腑的斗争

总怕记忆不够
装不进走过的豪情慷慨
没有您的努力
昔日的东亚病夫
也不会变成
今日的钢铁强国

当历史散落战争的足迹
梦，依然不屈
科教兴国、人才强国、可持续发展
熔铸着中国代代儿女的梦
翻开了历史新的篇章
时间会渐渐消逝
战略却如刻在历史中的塑像
永不褪色

当中原的号角吹起
时代的脚印走出了建设的奇迹

富强、文明、平安、美丽
是河南人民多年来的愿景
正一步步走向辉煌

让我们
为中华之崛起而读书
让我们
为民族之振兴而呐喊
让我们
为祖国之富强而奋斗

中国文学，会飞翔的文化

文 / 陈昱丞

中国文学，一扇很多人开启，却鲜有人走过的大门，他似乎神秘而又遥远，也好似真实且近在眼前。无数人为了向他迈近而付出了一生的代价，又有多少人为了参透它直到最后一息。引用一句屈原的话，"路漫漫其修远兮，吾将上下而求索"。

中国古老高深的文化始终在世界文坛上占有不可撼动的一席之地，他有女娲造人的想象和创造，有绿林好汉的狂野和奔放，有山伯英台的婉转和凄美，更有夸父追日的豪迈和悲壮。人在品味中国文学时，心情总会随着作品起伏跌宕。那仿佛行云流水一般的文字，会让你的内心无比放松，使你进入到一种美妙非凡的境地。你的灵魂已经与字里行间融为一体，你仿佛就是其中的一切，你由内而外都如沐春风。

这些方块字是文人们全部思想的寄托，温柔时好似绵绵春雨，震怒时好似九天雷霆，笔触或者温柔似水，要么铿锵有力。无数的智慧全蕴涵在这小小的文学王国里，悠远又深刻。在我的印象里，和文学一样可以飞的有两个人——庄子和屈原。我们说一说屈原这个人，他以《离骚》征服了世人，"日月忽其不淹兮，春与秋其代序。惟草木之零落兮，恐美人之迟暮。不抚壮而弃秽兮，何不改乎此度？乘骐骥以驰骋兮，来吾道夫先路！"他让我们理解了对世间万物的感悟，让我们知道了舞文弄墨的一番洒脱。

我身为骨,我文为魂,我愿魂骨合一,感受这种能够飞翔的快感,体验这种超凡脱俗的精神之旅。

点亮心灵

文 / 翟阳

有一盏灯，点亮你的心灵，带你走向光明，这就是理想。

有了理想，你才会有前进的方向，内心才会充实，不再空虚，人生才会有动力和目标。

纵观古今中外，没有一位伟人是没有远大理想的。正是因为他们拥有远大的理想，并为之不懈努力奋斗，才成就了他们的伟大。

例如我们大家所熟知的 NBA 巨星科比·布莱恩特的成功历程。科比小时候生长发育缓慢，身高并不出众，他热爱篮球，可大家对他打篮球都并不看好。科比却执著地坚持自己的理想，一直顽强地努力着。后来，他和他的一家人来到了意大利，意大利是个足球大国，篮球并不受重视，平时科比经常是被伙伴们要求去当足球比赛的守门员。即使这样，科比还是坚守自己的篮球梦。在伙伴们踢完足球后，科比自己去打篮球。科比梦想着有一天能进入 NBA，然后拿到属于自己的总冠军。这个理想指引着他一直坚持下去，终于在 1996 年，18 岁的科比在选秀大会上被黄蜂选中，随后交易到了湖人，于是科比便在湖人队开始了自己的 NBA 生涯，他找到了实现自己理想、大显身手的舞台。在过去的几年中，科比 5 次夺得总冠军，荣誉无数，成为篮球界的超级巨星。

由此可以看出，理想的力量是无穷的，有理想的人生才会绚丽多彩、灿烂辉煌。

当然，我也有我自己的理想，我的理想是成为一名篮球比赛的解说员，这也是我为什么前面举科比的例子的原因，因为我热爱篮球。

成为一名优秀的篮球比赛的解说员，这个梦想就像一盏灯一样，照耀着我的心灵，为我指明了努力的方向。要想成为篮球比赛的解说员，首先要了解篮球，这个我早就做到了，在不影响学习的情况下，假期在家，如果有比赛，我就会在电脑上观看。学着苏群老师、杨毅老师、张卫平老师等人解说，同时我还关注一些篮球方面的新闻，以增加自己的

篮球方面的知识。要成为一名合格的解说员，要有一副好的口才，所以我认真学习语文，成绩十分不错，而且其他科目的成绩也相当不错。我明白我现在的主要任务是学好文化课，只有知识丰富、有较高的素质才能离自己的梦想越来越近，因而我并没有因为篮球而耽误学习。

没有理想，就像断了线的风筝，生活就会变得空虚。今天播下理想的种子，明天绽放成功的花朵，让高尚的理想点亮我们的心灵！

以英雄为榜样,传递正能量

文 / 高继骏

> 正能量其实是一种积极向上、乐观阳光的态度,它就好比是一杯酒,喝一口,令人陶醉,浓浓的醇香,令人回味……
> ——题记

在我们的身边有许多传递正能量的英雄人物,虽然他们已经离开了这个美丽的世界,但他们的品质却一直留在我们的记忆深处。

乐于助人的雷锋

我们知道有这样一个人,他的身材不算高大,他的相貌不算出众,可是他的精神却永垂不朽。22岁是他永远的年龄,可是在他如同流星般短暂的一生中却没有留下任何遗憾。他忠于职守,乐于助人,无私奉献。那么,他到底是谁呢?他就是我们学习的好榜样——雷锋。雷锋虽然离开我们很久了,但是他的精神仍在发扬光大。我们身边就有不少像雷锋一样的好人。

有一次,我走在上学的路上,明媚的阳光照在身上,使人感到十分舒服。我走到一个拐弯处时,突然,一辆摩托车冲了出来,我当时还没反应过来,就有一双手迅速把我给拉到了旁边。之后我才缓过神儿,立马说了一声:"谢谢!"那个人笑着回答:"不客气,我应该做的。"

当你得到别人的帮助后,你会心存感激;而当你帮助别人后,你就会有一种发自内心的说不出的快乐。这不正是一种正能量吗?

人民的好公仆——焦裕禄

记得唱过一首歌,歌词是这样写的:"焦裕禄是毛主席的好学生,焦裕禄赤胆忠心为人民,像一棵青松,像一盏灯,他是兰考人民的贴心人……"以前我只听说过焦裕禄这个名字,但却并不十分了解他的一生,后来老师让我们看了影片《焦裕禄》,才真正地认识了焦裕禄爷爷。他确实是一位党的好干部、人民的好公仆,他平易近人,作风廉洁,生活艰苦朴素,他的先进事迹使我很受感动和鼓舞,也深受教育。

在传递正能量的今天,焦裕禄的名字深深地印在了我的脑海里。他带领兰考人民战胜自然灾害,不顾个人身患肝病的痛苦。他多次用钢笔杆顶着腹部坚持工作,同志们劝他去住院治疗,他总是说:"我这病医生看不了,工作忙它就好了。"

他常常说:"感谢党把我派到最困难的地方,越是困难的地方越能锻炼人,请组织上放心,不改变兰考面貌,我绝不离开这里。"

焦裕禄爷爷为了兰考献出了自己的生命,他的品质值得我学习!他的精神不正是一种正能量吗?

家乡铁人——王进喜

我的家乡在玉门，铁人王进喜的名字可以说是家喻户晓，他是我们家乡人民的骄傲，也是我们学习的好榜样！

在新中国时期，由于国内生产力低下，所以王进喜带着一个团队抱着"打不着油不回家"的信念开始在大庆打油，在他不怕艰难、勇敢无惧、为国着想的精神带领下，终于打出了油。

宁肯少活20年，拼命也要拿下大油田！北风是电扇，大雪当炒面，天南海北来会战，誓夺头号大油田。干！干！干！这些掷地有声的铮铮誓言，说明铁人王进喜是一个有血有肉、生龙活虎、全身充满精气神的英雄。让我对王进喜以及所有为新中国奋斗的人心生敬意。由此我不禁想到生活在重重保护伞下的我们，缺少的正是那王进喜勇敢无惧、不怕困难的精神。所以，我决心以后一定要向王进喜学习，将来报答祖国，让爸妈为我而自豪。

当然，还有很多的英雄人物，他们的事迹让我们感动，他们的勇气让我们敬佩，他们的精神让我们振奋，他们是我们的骄傲！让我们以他们为榜样，创造更多的正能量。让世界更加美好，应该成为我们每个小学生的追求。

一个北方姑娘的南方之旅

文/夏木

说来奇怪，来杭已将近两年，却未有任何篇幅来描绘我身处其间的这座江南城市。这太不符合我的思维模式和行为模式。按理初来乍到之时就应该有成文不成文的文字来抒发一下心绪的。现在想来，应该是自知修为不够，心有所忌，笔下发虚，怕笔底文字黯淡了她的魅力，轻浅了她的雅韵，怠慢了她的格调，倒不如不写为佳。此清明，回家的回家，游玩的游玩，送往迎来之际，突然想以笔回忆我已经深爱的杭城，也算未虚度这周五的夜晚。窗外已漆黑一片，学校高墙外的高架桥上疾驰而过的鸣笛之声，隐约地持续。自习室内灯光明亮，状似考研之人，零零落落。

说起杭州，先道西湖。我与西湖的第一次相逢，却说来好笑。江南九月，朋友带我去西湖。像是与暧昧已久的情人首次约会，忐忑不安又憧憬无限。然初初谋面，心生失望。怎么这么大呢！这是我对她的第一印象。那天秋雨绵绵，湖面上黯淡无光，却又偏偏无遮无拦，浩浩荡荡，与想象中的小桥流水，温温润润，小家碧玉，玲珑剔透（等等各种精致婉约之类的词汇）恰好相反。这让一个生于北方长于北方见惯了北方大江大河的北方姑娘，情何以堪……我原想邂逅一位南方水乡孕育出的水灵佳人，这位佳人却宽衣解带赤裸相见，未有半点伊人的害羞与矜持，而且还缺少淡妆浓抹总相宜的清爽，让我哭笑不得。雷峰塔更让我失望。塔已翻新，毫无古味，更不是那座寄托着白蛇与书生浪漫凄美爱情传说的雷峰塔。

然而之后陆陆续续的湖畔漫步，却一点点改变了我对西湖的第一印象，带给我后知后觉的惊喜万分与情怀无限。湖波微澜，小舟轻漾，白堤断桥，苏堤春晓，亭台楼阁之间玲珑婉转，曲直有致，岸边长椅之上互偎互依，无论老少。这个湖，满足了人们鲜有的闲情逸致，又寄予了人们太多的浪漫情怀。我才明白，第一次相逢她和我开了一个多么大的玩笑呀！西湖十景，闻名遐迩，我却觉得她的每一层水波，每一条小船，每一座亭台，每一架石桥，每一缕柳丝，每一片荷叶，每一棵花树，每一抹远望的眸光，以及每一次远望之时眸光所至的青山，都是情韵，都是意趣，都是这座城、这个湖，无偿又无意之间赠与我的美丽心情，而她却浑然不觉，静默不语，兀自美丽摇曳，醉卧江南。

作为一座旅游城市，杭州自有众多值得细细品味的景点，余不一一，诸君且自来窥探。

杭城的绿化也是吸引我之处。这种绿化与洁净彰显了一座繁华大城市的现代文明和人文情怀。学校在郊区，城市快速公交需要疾行将近两个小时才能到市区。繁华如杭州，郊区也有高楼林立，商业的触角鞭长可及。但高楼大厦与居民住宅之间往往河道相隔，精致亭台雅然独立其间，垂钓之人安然坐于岸边，长竿直垂，神态安闲，独坐在自我建构的个人世界，任凭身后车来车往，鸣笛声声，商业写字楼默然静立。杭州人民可以奔波于灯红酒绿的不夜杭城，也可以于繁华之处自成一份淡然悠闲。杭州无高山，有的只是小山头。山上林木葱郁，鸟儿啾啾，风景一般，不多的年轻人驻足游玩，更多的是老年人久坐一隅，对弈闲谈，喝茶斗鸟，无视时间，体现出其温饱无虞、安逸舒适的生活情态。杭州，是极适合养老的。她拥有使老人安享晚年的物质条件，并且能够满足在此基础上难得且更为重要的精神需求。这种需求，无疑依赖于城市

的环境。

　　对杭州人民的了解我也许算是一知半解。大部分杭城民众自觉不自觉地体现着一种作为山水城市人民的骄傲和身居繁华都市的自信，但骄傲并非傲慢，自信并非张扬。在我看来，他们的骄傲和自信是温和而无侵犯之意的，是友善而非盲目排外的，是一种基于特定的为人所称道的事实之上的城市情结和市民情怀。初到这座城，由于不爱看密密麻麻的地图，问过不少路。每次问路当地人都给我如沐春风的感觉。居于旅游城市，想来他们已经习惯于如此的对话与指导，也同样在这一过程中享受并自豪着自己的身份。欣赏着西湖边的歌舞，身边的老爷爷会主动问你的情况，并且给你未来人生方向的建议，随意又不乏睿智，带着对这座城市的万分热爱和熟悉。兼职发放关于艺术培训班的调查问卷，几乎所有的家长都会侧身听你讲，就连有的家长的最后一句，不好意思，我家小孩已经有了相似的培训班，都温和有礼，不失风度，让你的紧张瞬间消弭。热闹街市，路边小店之内，你拿过一件衣服比来比去，感觉喜欢，却无力购买，你略感惭愧，但店铺阿姨很平静地笑着放回，没关系，下次再来啊。似乎衣服不管卖不卖得出，都影响不了她晚饭的丰盛程度，影响不了她给家里添置一件新物什。这些心态的平和，当然是充裕富足的生活浇灌出来的艳丽花朵。但是，上海一日游小店里的阿姨在你表达了不会买的意向之后，一声不吭漠然转身的那张冷肃的脸一闪而过，这个，要怎么解释呢？只能归因于市民性格了。但是市民性格在一定程度上又和城市环境挂钩了……似乎又绕到了环境。也许我最终所属意的，就是杭州的城市环境吧。

　　喜欢在杭州的街道上骑行，不管是春意盎然还是秋意浓郁。路面干净整洁，撒落的永远只有路边高树的落叶。

丑小鸭

文 / 徐毅

坐在悬崖边
悲伤地看着黑夜
黑黑的
遮住了它的未来
它的心里早已不是自己
美貌和尊严冲晕了它的眼睛
一颗流星划过
消失无踪
祈求化作绝望
自己早已魂飞魄散

丑小鸭
什么都没有了
望向后面的高楼
如一根根刺
刺中它
活下来的希望
没人欣赏它
没人保卫它的尊严
再一次望望月亮
化作
一道流星

珍重过往

文 / 叔秋

小时候讨厌吃蛋黄，讨厌吃腌制品，讨厌一个人待着；喜欢电视剧，喜欢聚会场合，喜欢拍照。可长大之后，回头看时，那些曾经讨厌的东西而今也少了厌恶，反而那些曾经热爱的却慢慢在生活中消匿了，想来还真荒诞，原来时间将一切都颠倒了。忽然想到亦舒说的一句话：

"留于原地不长大是极其可怕的一件事。"那么我们是否应该庆幸我们改变了？我们幼稚过，娇惯过，任性过，欺骗过，忤逆过，有谁生来就是个懂事的乖小孩呢？只不过世事的洗礼，一步步紧逼鞭策，成蛹期的我们不得不一次又一次蜕变，曾经巴不得快点长大的我们，在长大之后再也不想长大了。

工作到半夜回学校，漆黑的夜里，没有半点灯光没有半个人影，我非常害怕，可是害怕又有什么用呢，害怕了也还是要面对。很多东西我们没有选择的权利，只能默默去接受。如果害怕了，那就选择狂奔，暂时把害怕给忘了，只要不记得害怕是什么感觉就好。当我顶着烈日或披着月色面对一个陌生的城市遍地找路时，怎么会不感到无助呢？又怎么会不疲惫呢，可是有些感觉还是要学会独自享受的，没有谁可以替代和分担。慢慢地慢慢地习惯了就好，到后来会觉得那些不曾打败你的无

助和疲惫在心里其实早已无分量可言，时间会带走那些情绪，最终积淀下来就是你生命中永远受益的东西。无助的时候，无奈的时候，伤心的时候，煎熬的时候，想家的时候，还是会眼泪直掉，也许我还是没有收回眼泪的本事，但是我答应自己还是会让自己一直一直努力前进的，只是也请容许我在悲伤时行进得慢一点儿。就像徐志摩说的："面对不一定最难过，失去不一定不快乐。"当我们愿意去直面时，其实一切的坎儿都过去了，擦干眼泪收拾残局。苦难只是对人生的完善，经历只是不枉走人世这一遭，哭过，笑过，累过，迷失过，才会知道原来笑可以那么甜，原来哭可以那么累，原来一个人可以那么快乐，原来生活是那么美好，原来陌生人是那么可爱。我开始相信发生在这世上的每一件事没有一件是出于偶然，终有一天会有一个解释。所以感谢这一路所有的考验，让我变得更加独立，更加勇敢，更加积极也更加完整。

我习惯性地恋旧，对过去的喜爱超过当下甚至未来，对于期待和回首，我更偏爱往回看这个动作，也许你会说我消极，说我不明朗。你可以这么说，因为在我上大学之前我的确是个悲观主义者，我一直在回忆里打转，走不出那散不去的阴霾，悲哀地认过命。因为怕不再对那些一去不复返的场景哭泣，因为怕麻木了离开，就连日记里都只有对悲伤的反复咀嚼。都知道我爱笑，却不曾知道那是用多少眼泪换来的彻悟。我花了5年的时间才学会平静地揭开疮疤，才挥别了过去，才说出了自己原本认为不可能说的"生活还是要继续"这句话，从来都觉得这句话其实很无力很苍白，因为都说得那么轻巧，说这话的人多半是不谙世事的，可是事情不临到自己头上，是永远都不会明白的。人都说痛定之后才能有觉悟，到底是已花了数年来印证了这个道理，今后还得在日子里不断地重复论证。说实话，痛苦其实没什么不好，不过缩短了你心智成熟的进程，也比别人看清楚了很多东西，懂了很多东西。就像林清玄说的："受苦是慈悲心和智慧心勇猛生成的激素。自己受苦，使我们生出菩提；看别人受苦，使我们悲心流露。"所以我很珍视我的过去，没有这创痛酷烈的过去，也不会有现在爱笑的自己；没有这大风浪，也不会有现在的风轻云淡；没有感性的曾经，也不会有现在的理智；没有放不下的过去，也没有现在的懂得和自在。

仓央嘉措曾经问佛：世间为何有那么多遗憾？佛曰：这是个婆娑世界，婆娑即遗憾，没有遗憾，给你再多的幸福也不会体会到快乐。过去是为了反观现在的幸福，所以请珍重过去。

请接受我最温暖的微笑和最纯粹的拥抱吧，未来，我来了。

战胜自己

文 / 任嘉宁

我们唯一感到恐惧的就是恐惧本身。

——罗斯福

从前,一个女孩默默无闻,在大家眼里,无非就是个文静听话的乖女孩。而在她自己心里,充满着胆怯,甚至有着淡淡的自卑。

2013年5月的一天,舞台上光鲜亮丽的她,脱胎换骨,让大家重新认识了这个女生——这就是我。

那一年,当我得知了合唱节要选主持人的消息,心头不禁掠过一个闪念:我要是主持人该多好啊!瞬间,理智的我把自己打回到现实:怎么会是你?痴心妄想!但同时,一颗小小的梦想的种子随风飘进了我的心田。

我居然被学校选上了……

得意、激动、兴奋,我努力抑制住自己的情绪,虽然离梦想又近了一步,自己还是有些不自信,面对着手里的串词,我暗暗为自己鼓劲:加油!不要让老师失望啊!

那段日子,我每天晚上都挤出一个小时来练习主持。柔和的微风透过窗户吹拂着我的面颊,捎来清脆的蝉鸣。我站在客厅里,面对着唯一的听众——妈妈,动情地开始朗诵串词。

我仔细斟酌每个字的抑扬顿挫，每句话饱含的丰富情感。那段日子充满了追梦的快乐和充实，有种说不出的幸福。有时心里常常担心，万一合唱节出现意外，我作为主持人该怎么办？所以每天临睡前，我都会嘀咕嘀咕我那时打算说的话。

合唱节越来越近了，心脏总是"怦怦"乱跳。

上场之前，我穿上了粉色的裙子、乳白的皮鞋，面对着镜子中的自己，我给了自己一个鼓励的微笑。迈着轻盈的步子，我款款地走进了观众们的视野。富丽堂皇、灯光照耀，台下几百人的目光聚集在我们四个主持人的身上，好似徜徉在一片红色和绿色的花海当中。面对着几百双眼睛，我尽力掩饰着内心的不安，保持着甜美的微笑，心里记着老师的叮嘱：上台一定要微笑啊！记住，是要露出八颗牙齿的微笑！读着主持词，朗朗上口，每每回忆起来，我总是自豪地认为我的声音是那么清亮甜美，在全场回荡，或许让大家充满了对下一个节目的期待，或许点燃了同学们歌唱的热情。每当我注视着台下的观众，我总会不禁向我们班的座位望去，有同学在悄悄地向我挥手示意，班主任时而冲我频频点头，我感到了一种莫名的鼓舞和支持，内心充满了成就感，第一次，我战胜了恐惧和胆怯，光荣地站在了自信的巅峰。

有时候，我们的梦想看似遥不可及，便不敢勇敢前行，固执地相信自己没有能力实现梦想。其实，每个人都有潜力，只要你努力去挑战，去追求，你就会感受到一种征服世界的力量，一种战胜自我的力量。

等待周庄

文 / 汪怡君

周庄，关于周庄，是一洼梦，长眠在香格里拉梅里雪山的某个山涧里。等待春天，等待那个拿着鞭儿的牧羊人，来敲醒这个梦。然后，带我一路奔袭，去得三千里外。这三千里，再远，也终究会被脚印填满。

那条河，那弯桥，那条乌篷船，在想象的空间里静止不动。

那块印蓝花布，那把油纸伞，那个扎麻花辫子的姑娘，在翻飞，旋转，回眸间把这个梦拉长。

一些记忆里的事情，终于在反复的打理之后变得明晰。如这个梦，埋在心底某个角落很多年了。日子一久，便容易忘却，没有滋养，这梦便再也萌不了芽。我如此虚度，最终惶惶不可终日。时间从指间流走，爬过那些长在小指下的年代久远的茧，在手心的掌纹里留下到此一游的讯息。

我一路走来，只为看一眼，它静默千里的模样……

她说，她也想去周庄。这是一个约定。但是和她许约的那个男子，从他们的时间里走失，再也回不来了。她还在等，她要等一个男子，陪她一起，去周庄。去走那些青石板铺的路，去看看那些旧屋檐，那些青砖瓦巷，那只在屋顶驻留的雨燕……

每一次想起，这一切，似乎都触手可及。只要一举手，一投足，都能感知到它的存在。

千百次的梦回萦绕，换回一次心安理得的失眠。

所有的臆想，在面对周庄的那一刻都被打破。我把自己，安放在六百年后的周庄的门外，然后拾步而去。

微笑着的陈旧灯笼，爬满皱纹的墙，在熟睡的渡船。另一个我，看见这些安静的景象。喧嚣蔓延，越不过时间的界限。我在沈厅驻足，领首抚摸她的面容，那些六百年前从此地打马而过的游子，也必定惊愕于她的富丽堂皇，幽长的巷子里，还回荡着嘚嘚的马蹄声。那个在屋檐下的天窗里向厅堂观望的女子，是否就在今日，会爱上那个上门提亲的男子？纹理清晰的老墙，傲然独立的吊兰，在墙格里默默生长的藤蔓，是否同时听见了记忆的召唤。

那雕凤的栏，那刻花的窗，那首过船上飘来的调调啊，哼唱着谁人的忧伤……

梦在晨曦中落下帷幕
所有的一切
在这一刻定格
那些喧嚣
在喊停后重复播放
然后插入这画面
做背景音乐
那些瓦
那些砖
那些上翘的屋檐

被复印了千百遍
做了底片
做梦的男子啊
微笑
颔首
凝眸
……

松绑的青春

——亲历北京四中道元实验班生活

文 / 王宇乔

自从北京四中开始组建道元班，仅凭那千里挑一的录取率就不知伤透了多少考生的心。"北京市杰出创新后备人才培养道元实验班"，谁不想去一试？我在家里反复"称重"，最终才本着骨子里自信、脑子里绝对怀疑的态度去四中报了名。

接到考卷方知其中的路数与平日的考试相去甚远，要说考的不是书本知识吧，数理化、史地政无所不包，但定睛细看又有些"形似神不似"，一切在深度、广度间收放。三试下来不禁暗喜：十年寒窗苦读闲书，此次终于寻到了用武之地！而经常游走世界的我转念不免心生怀疑：国内怎么竟有这样的考法！莫非四中这个"道元班"想要的是"上知天文地理，下知鸡毛蒜皮"、纵横捭阖的"问不倒"吗？那些出题的老师平日又是个什么样子呢？几轮考试下来，我越发好奇。

最终，每届进入道元班的也只有不超过十五位同学，我是为数不多的偏向文科的学生。以我近距离的观察，身边的同学个个都是身怀绝技的小科学家；而在大众眼里，我们道元班的学生就像是十几只被抓进实验室的"小白鼠"，在众人叹惋的唏嘘声中，"应试功能"逐日退化，取而代之的是那些看不见摸不着、不当饭吃的所谓"能力"。

一次午休，我去往学校的图书馆，径直走向一层的开架阅览处，从书架上抽取心仪的《中国游记》，美滋滋地开始我的阅读。不经意听到身旁两个女生窃窃私语："你知道吗？我觉得道元班的人看起来挺另类的。"另一位也点头称是："听说他们班不按教学大纲讲课，还有免修。"显然她们不晓得隔墙就有只"小白鼠"。

奢侈的导师制

道元班实行双导师制是我考进四中后才知道的。在道元班，每一位同学都会有两名导师指导我们感兴趣的专业，一位导师是从校内优秀的老师中选拔产生，另一位导师则是由相关领域的专家担任。我们这样的待遇不知吸引了多少人艳羡的目光。

教我们班数学的谷老师是特级教师，高深伴着幽默是她讲课的一大亮点。虽说数学较之其他学科有些曲高和寡，但架不住谷老师老有甜言蜜语忽悠大伙儿。在开学不久后的拜师会上，谷老师打出的"广告"最为诱人："作为'道元学术办公室'的导师组成员，平时我也看穿越小说和《鬼吹灯》。想做数学研究的当然可以找我，其实和研究哲学的谈数学也不是不可能。"如此一番，连我们班数学平平的同学都差点选了数学专业这个"高枝儿"。

我的导师刘葵老师不仅在学术上是特级，在我们看来，对付学生的手腕也堪称魔高一丈。我们班的几位"计算机专家"由于每天的科研要搞到深夜，因此白天睡觉成了谁也拦不住的大事儿。深知内情的刘葵老师一遇到这样的情况，总会笑眯眯地从包里掏出些棒棒糖分发给这些"特困户"。瞌睡虫在一笑间被驱散，留下的是刘葵老师行云流水般的讲演和同学们专注的听课。

身为她的弟子，我更能真切地感受到刘葵老师的百般呵护。话说我这个"文人"扎在一群"爱因斯坦"中间，生存实在不易。平时除了要奋力搭上他们"相对论"的快车外，还要面对自己开办的"说诗"栏目门可罗雀的残酷现实。这种情况刘葵老师看在眼里，急在心上。刘老师生怕我耐不住寂寞，除了自己亲自回复我的论坛观点，还暗中为我拉些方家捧场叫好。这样的导师让我怎么可能辜负她的苦心呢？

事实上，导师们的关心还不仅限于学术上。今年学校的新年音乐会说是以我演奏贝多芬的《月光》为开场曲目。这对于刚到四中的我，压力简直太大了。12月27日下午的新年音乐会前，我顶着寒风匆匆赶到音乐会现场，绷紧的神经碰见满屋子的方家，我的心都要蹦了出来。随着观众席渐渐坐满，会场逐渐安静，这安静令我更加窒息，不知谁能帮我度过这年关。忽然想起我的班主任张盈老师和刘葵老师前日曾答应我来看演出，不抱希望地抬眼，噢，居然都在那里！顿时，我的心就像是回到了家一样的温暖。曾在牛津读书的姨妈得知这一切时，感慨道："我本以为，这样的导师制只有牛津才有！"在信中，她还告诉我：道元班的导师制很像牛津，导师不仅在学术上扮演引路者的角色，而且在学生发展的过程中也时刻陪伴在他们的左右。

民无信不立

进入道元班学习，我对这里的第一印象就是来自老师们对学生的尊重与信任。

教我们物理的李靖老师常以这样的风格给我们留作业："请挑选这章练习题中你认为有价值的五道题去完成"或"在班级公共邮箱里有假期的物理作业。届时，习题答案将在邮箱里发布"。这些话乍听上去，对于被中考的题海"浸泡"过三年的我们，简直称得上是"松绑"。可当同学们面对老师真诚的微笑、深入浅出的指导时，谁又忍心去滥用这样的信任呢？最终的结果是我们心甘情愿地过目了所有的习题，虽然付出了额外的辛苦，留下的却是被信任的感受。有这样的情分在，还有什么难题能吓倒我们呢？

除了把"信任"的接力棒交给我们，李靖老师给我们的谜语还有很多。记得一次放假前，他是这样说的："同学们的任务是：挑一些适合自己的题，自己组一份卷子并作答，开学那天我收上来看你们做的效果。"刚入学不久的我们，对这样的方式还真有点摸不着头脑，以为李靖老师在开玩笑。

开学后谜底揭晓，大家有一个共同的感受：出题比"刷"题更折磨人。"为了出一套题，我做了四套卷子。""组卷子还真不那么容易，还不如做题省事。""我被自己找的题搞晕了，后悔都来不及。"听到同学们叽叽喳喳的议论，想必李靖老师一定乐翻了。

相比其他班而言，我们道元班没有大量的重复训练，代之以笔头的"松绑"，让我们"自主命题"。老师的逻辑是：民无信不立！

"另类"老师

历史课教学是我们感觉最另类的。王磊老师从来不用教科书,讲起课来滔滔不绝,字字珠玑,整个学期讲一段通史的方式也已能为我们所习惯并欣赏。"讲的不考,考的不讲",这是我们对历史王老师出题路子的概括。

一天下午,我们发现自己的课桌上堆满了一大摞材料,翻开来看,原来是徐中约《中国近代史》选段。老师的嘱咐很简单:"答案全在里面,看你怎么用了。"在座的我们面面相觑:这不成烹饪大赛了?

学术资料分析已成为我们的必考题,第一次期中考试,全卷只有四道题,题目不同凡响:"阅读了宁可先生的论文《中国封建社会的专制主义中央集权制度》后,请你整理出该文的大纲。通过对论文的阅读,结合你对中国古代史的了解,你还能针对本文提出哪些问题?"在题目的最后,王老师还加了"作料"和我们互动:"条理清楚、观点独到给高分。"相比死记硬背几个历史人物和事件的教学法,"道元试题"的设置似乎更接近历史学本身的理念。

化学的期中考试,我们惊奇地发现,最后一道题竟然是写出体现科学原理的古诗词,并写出相应的化学方程式,多写有加分。收卷后,不少平日理科强的同学都说自己看到题后"不是眼前一亮,而是眼前一黑"。但妙笔生花,赚个盆满钵满者也大有人在。

地理课上,我们的学习方式也有很大的变化。在道元班的课上,没有讲完知识点就"刷"题的习惯。相反,刘刚老师常常布置下一些被他称为"火花作业"的小课题。这些题目甭想在互联网上查到,解开这些疑问通常需要我们去查阅大量的学术资料,甚至会用到对于高中生而言宛如"天书"的专业知识。记得我们学过课本上"地球运动"一章后,刘老师给我们提了几个思考题:"除了埃拉托色尼的'太阳高度角'法以外，还有什么办法能够测出地球的半径？""同学们能想到什么方法来证明地球的自转？注意引用论据要小心。例如昼夜交替是地球自转引起的现象，不能算证据。"

一次地理课后，刘刚老师问了我一个问题："苏东坡的'西北望，射天狼'，天狼星不是在东南吗？你回去想想，是不是东坡先生写这首词的时候转向了？"道元班这样的学习方式，就让我们在发现本真的路途中经历了一个完整的思维过程。要知道在中国教育的大环境下，接受这种不同于大众教育模式的"小众"教育，我们这些"小白鼠"是多么享受啊。就像地理老师常说的："希望你们在惬意的环境中做出成果。"

走上讲台的我们

道元班在数学、文学、物理、计算机各个领域都有大亨，为了增强我们在专业上的长进，老师鼓励我们大胆地走上讲台。

每节语文课前5分钟，老师都会安排有文学特长的同学讲一首古诗。为了备好课，我们需要课下做大量的筛选阅读和文本的分析，谁不想把自己最爱的诗给大家展示得更美些呢？仅四个月的时间，数首课外古诗词已悄然间印到我们的脑子里。老师说："这样讲下去，你们这些小白鼠中出几个小诗人的可能性不是没有的。"

别小看这小小的位置调换，期间，老师们不仅要完成常规的教学，更是给自己的工作自找了不为人知的难度。

数学课上，想舒舒服服聆听谷老师宏论的机会还是比较少的，她上课，我们也得跟着忙。谷老师常把我们分成3~4人的几组，事先通知我们课堂内容，然后让各小组去找她"买地"，也就是每组一个板块。走上讲台的小老师，不仅要在安排任务后一周内抓紧备课，还得在开课前两天内一对一地在谷老师办公室试讲。不仅如此，小老师们还得准备好回答同学针对所学知识提出的各种问题，以及随堂习题的讲解。我们私下里嘀咕：这老谷还真不嫌麻烦。不过回想所学，却印象至深。

计算机教室讲台上最活跃的不是秦波老师的身影，而往往是我们班的几位计算机王子。这几位同学德艺双馨，从不嫌弃其他同学在电脑方面的"弱智"，我们若遇到了"拦路虎"，他们都会不遗余力地提供帮助，解决各种疑难杂症于他们这些小专家简直就是毛毛雨。秦波老师自然也就把他们当"同事"看待了。当小老师的方式还不止限于课堂。真正的挑战和让我们大开眼界的是那个道元论坛。

四中的道元学术委员会规定，每年年底都会举办一年一度的大型道元学术论坛。出席论坛的除了道元班的同学们，还有我们的导师组的评委以及应组委会之邀而来的校领导和家长们。论坛真像个焰火晚会——平时默默无闻的研究者就是那没有点燃的花炮，走上讲台，学术的光焰便会瞬时绽放，光彩照人。同学们的专业领域涉及物理、生化、机械、计算机、天文、环保，当然还有文学。发下来的讲演目录真是异彩纷呈、令人晕眩——熊安达的量子力学、孙天慧的小说创作、孙森淼关于细胞穿透肽的设想、胡致远的折叠飞行器研制、杨健钊对于 $\beta-$ 内酰胺类抗生素的研究、我的《红楼梦》诗词研究、张可名的天文深空摄影、齐麟致的 iphone 实景地图程序优化方案……论坛充满学术平等的氛围，台上的同学暂时脱去了往日的稚气，讲起课来风度翩翩；台下的老师也不介意坐在小椅子上当回学生，时而对我们的侃侃而谈欣慰点头，时而对我们的奇思妙想目瞪口呆。在我看来，同学们激情的演讲就像花开的声音，抑或是青春的花朵被松绑的声音。理想、执着和那些携带着寂寞的学术精神在这里感染了在座的师长，更有身在其中的我们自己。借化学老师王耀的一句话："这是我们国家最有希望的一批幸运鼠了！"

本文原载中国青年出版社 2014 年 9 月出版《与谁同座》

片 段

文 / 张旭萌

每每躺在床上仰望星空，脑海中总是会浮现许多往事。如同一片片白云向我飞来、如同水滴汇成小溪流过脑海。

闭上眼，一个片段就浮现在眼前。操场上，五个女孩疯狂地笑着跳着，她们手拉着手飞速地旋转着。那是二零一三年的十月，秋天，艳阳高照，风轻云淡。正如我们五人的心情，欢快、温暖。因为我们刚刚接到通知，我们的组合获得了英语口语大赛复赛的资格。每个人脸上的笑容我都记忆犹新。

一滴水融进记忆又溅起另一滴，在阳光的照射下色彩斑斓、熠熠生辉。浮现在眼前的依旧是五个女孩，深秋的操场上风吹着手中的稿子瑟瑟作响。那是二零一三年的十一月，风已经转冷，天已经转凉。在紧张的选材筹备工作结束后，我们开始了又一轮练习。我们聚在操场的某个角落，团成一圈，像一个红色的大球。嘀嘀咕咕小声唠叨着。你接一句我接一句，"阴阳怪气"地模仿电影中的原版配音。这时她笑了，因为你串错了台词，脸一红，结果稿子也被风吹跑了。五个人便在操场上又是跑又是跳，如同上一个片段一样快活，一样可亲。那诙谐的场面令我在月光下忍不住笑出了声。

画面一转，跳入了另一个片段。天冷了，裹着厚厚羽绒衣的我们紧紧地依偎在一起。那是赛前最后两天的准备，太阳变得吝啬了，不愿多给我们一缕阳光,风倒是活泼起来,把我们吹得到处晃动。台词是没有丝毫问题了,我们倒背如流,只是为了表演得更精彩,我们日复一日站在这熟悉的小操场上磨合着配合的默契。红通通的小鼻头,冻得发僵的手成了片段中令我落泪的地方。

水流加急了,转瞬间画面定格在我们鞠躬下台时的瞬间,五个人热泪盈眶,为我们两个月的辛苦付出,为我们比赛的优异表现,更为我们在一起共度美好时光而感动与兴奋。五双手紧紧拉在一起,"Forever together"。让我们继续奋斗!

片段汇成了我们共同奋斗的故事,渐渐地越流越远,可我总想再乘舟回到那水边,再一次探访最最珍贵的回忆的片段,和朋友们一起再次分享奋斗的快乐。

在青春的旅途中

文 / 本亚培

天空不会黯淡，尽管已是黑夜。
星儿不会坠落，尽管已是疲倦。
青春不会泯灭，尽管身经百战。

青春的美好

漫步在已是有些寒冷的校园小径，微风中夹带着桂花的芬芳，袭来沁人心脾。那些发黄的叶子依然在枝干上亭亭玉立，似乎没有意识到即将结束的命运。青春是一场太仓促的旅行，我们踌躇在这样美丽的舞台，尽情地挥洒汗水，唱出优美旋律，舞出优美姿态。似不败的花儿，绽放出属于自己的绚烂；似火红的太阳，照射出属于自己的光芒。

汩汩流走的不是风

早晨一缕风轻柔划过身旁，手心不自觉地触碰到了些微凉，于是忍不住向太阳挥手借光。渐渐的温暖没有带来更多的欢愉，只是征兆了时间的流转飞逝。匆匆的岁月，毫不犹豫地奔跑。它追上了时间，追上了风。我驻足在这时间身旁，张开怀抱去追逐那仅存的美。已不在意雨滴

垂落在身上的感觉。脚步似马蹄般一刻也不得停息。因为汨汨流走的不是风，是时间，是我们白驹过隙的青春。

梦的印记

青春的齿轮在岁月的磨砂下一直转动，一年又一年，春去秋来。孩童天真的脸上散发着活力和朝气，并带着懵懂，立志未来要做个伟大的科学家，还曾骄傲地把心爱的玩具拆开重组，以为梦想这条路信手拈来，或者那就是当初的梦。那一年我背着行囊踏进初中校门，陌生并没有融化我的勇气。因为我为梦想而来，为梦想而留。那一年我的梦想是医生。看过了太多生死离别，也要想像医生那样救死扶伤。在高中生活的徘徊和彷徨中，我最终选择了文科。毕竟我喜欢文字，喜欢文字带给人的灵动。那一刻，我的梦想是作家。而现在，我在曾向往的大学教室里感慨万千。梦想这串长长的风铃，为青春路途带来了清脆的声音，诠释了完美的航行。

遇见并乐观

"在茫茫的人海中，能遇见就是一种缘分、一种幸福。"最初看到这句话，是在朋友那微薄破旧的珍藏本上。我不禁茫然了。刹那间一团厚重的火光涌上心头。那是心灵颤抖的感动。为何不是呢。生活在同一片星光下不同地点的我们，却奇迹地相遇在青春之路的站台，带着许多擦肩而过的感慨。或许迎面而来的微笑，便是一世倾城的容颜。会在拥挤的火车上礼貌地让路，会在满载的公交上谦让座位，会在彼此人生囧途中伸出援手，会在黑暗的天空中一起去寻找太阳。关怀，就如同花朵开遍的暖季。河水汨汨地流淌，枯枝缀满新叶，冬天变成了春天。因为相遇，所以乐观，所以快乐。

碎片

喜欢选择一个慵懒的午后做一只慵懒的猫，摆出最优美的姿态感受太阳无私给予的温暖。体会那份"物与我皆无尽也"的快乐和轻松。不经意间拿出珍存的留言本以及信件。零零碎碎的只言片语似场景般荡漾在脑海。老旧相机的照片渐渐连接成一段录像。而眼前模糊的不再是回忆里受伤挫败时的眼泪，而是淡淡的欢愉。似一杯白开水，平淡无奇中蕴藏着不为人知的甘甜。青春的记忆，是一个记录旅途中碎片的单反。时间不会定格，定格的是那时刻笑容里的纯洁。

爱不封冻

有时候，觉得自己像蜷缩在角落里的鼠。不敢探头，不敢外出，害怕外面棱角刺伤了自己。因为我们都在爱的光环下成长，被包围得严严实实，不会受伤。想起5岁的自己，调皮顽劣，带着小伙伴摘下花椒树上的刺放在马路中间扎破路人的轮胎，然后听着放气的声音偷偷笑。爸爸知道后硬是把我关门紧闭三天，那时候我在屋里哭，他在外面哭。6岁那一年，我背着老师不上课偷偷跑出去买一毛钱一根的冰棍，最后肚子痛得倒在路上。醒来时躺在床上看着老师关心又焦急的表情，他的嘘寒问暖是一股暖流，瞬间将我融化，眼泪和淋漓的汗水似冰雹般沉重地滴在我脸上。于是我再也没有逃课的历史。而现在他们都老了。在我青春的路途中，岁月经历的爱不会结冰，因为爱的世界永远有太阳，有阳光。

青春·成长

拨动一根琴弦,向成长更深处漫溯,弦位的跳动,是成长中不可缺的低沉与高潮。经历了太多,成长了太多,而青春也因此变得成熟。

经历了跌倒时的痛,才有了站起来的勇气。

经历了教室的失败,才有了信任时的安全感。

经历了离别的伤感,才有了重逢时的快乐。

经历了一个人的惆怅,才有了合作共赢的欢悦。

经历了台下百般的努力,才有了台上几分钟的光彩。

于是只有经历了才会知道得到时的那份惊喜。花儿绽放的时候,人们只惊羡外表五彩缤纷的美,却不曾想过它挣脱地面发芽时的挣扎;雄鹰飞翔的时候,人们只瞻望它在天空的自由,却不知道雏鹰为了飞翔而经历的疼痛。只有经历了,才会开遍青春绚烂之花,壮大青春的美丽星空。

旅途中的未来

未来,是不能预测的再见,是离别的相逢。在这场充满未知的戏剧中,我们扮演着自己想要绽放的角色。在这正是追逐美的年纪,同时也敏感地发现,什么美也抵不过未来之美。未来以其沉默之姿,将青春镀上难以言说的光辉。它将希望之种撒播于青春,并在沉淀中结下美丽的硕果,让青春的美丽更胜一筹。

脚步

青春的脚步轻盈,途经我们每个人的过往。你看草丛里传来欢笑,枝头挂满希望,像不像琉璃瓶里的彩色灯光?它散发着诱人光芒。激励着我们在这青春旅途中不断追求,不断前行……

这是我们的舞台

文 / 王天一

上完这节课就要进行学校年级大合唱比赛了,同学们都有点兴奋,自修时间都在窃窃私语唱歌的事。"别吵,安静。"值周班长姜同学喊了一声,其实她自己刚与前排同学谈论完比赛。大家虽然不吵了,却改在草稿本上用文字交流。我那爱臭美的同桌,一边用眼睛盯着教室后门,怕老师突然来巡查,一边对着小镜子用梳子有一下没一下地梳理刘海儿。这是她第七,哦不,是第八次梳理刘海儿了。梳理的刘海儿却总是不满意,她只好一次又一次重复着梳理……

终于,轮到我班入场了。来到学校的多功能厅,银白的灯光、深红色的幕布……表示学校对这次比赛的重视。比赛随着参赛班级所有同学入座到位就开始了,我班是上半场最后一个出场的班级,说好听是压轴,说不好听是垫底。看着一些班级因为紧张而发挥失常,我的头上开始冒汗,汗水滴在座椅上……多功能厅里可是开着空调,我是指挥呀,一个团队的中心,我不能紧张,一紧张就乱了。我虽这样想着,可我的心还是怦怦直跳,话都不敢说,我怕我会突然一口气喘不上来而噎死。我的手紧捏着薄荷绿的裙摆,身上也开始流汗。这时,一个班报幕的同学突然紧张得忘了词儿,愣了好几秒,我都快被她急哭了,但我仍保持僵硬的傻笑表情,不停地轻声问坐我旁边的同学:"我的头发有没有乱,裙子有没有皱……"又低头看了看手心,好像我班的最终成绩捏在我手里似的。到时候手千万别抖,千万别抖!我暗暗给自己鼓劲,但还是没用,便又趴到前面的椅背上,用手弹前座同学的脑瓜来缓解紧张情绪。

到我班出场了。在候场的后台,我不停地跺脚。这时,我听见台下有其他班的同学在喊:"天一哥,加油!"我突然有了一种踏实感,捏了捏拳头。是啊,天一哥什么大场面没见过,紧张啥子,就让我用气势震住整个舞台。我走到舞台中央,看见台下座无虚席,鞠躬——说不紧张那是骗人的,我当时甚至怕摔下台去。转身、抬头、起手,当我打出第一拍时,正如比赛完了其他班一位同学说的,像穿越风雨的鸟儿,用力挥舞翅膀,挥走了紧张,挥走了忧虑,挥走了一切除了自信与微笑以外的东西。我又补做了个鬼脸,把大家呆板的脸色换成了笑脸。我又大幅度挥手,我听到台下有人喊:"哇——好有力!"带着小小的得意,我示意大家准备开唱。

平时我就用心地练，我可以毫不谦虚地说。比赛前，除了在学校的训练外，回家，我还要对着镜子练上十几遍，有时练到手都抬不起来了。但此时，站在舞台上指挥的我，手势干净利落，格外有力，好像每打一拍，可以隔空打穿舞台……我要努力做好团队的灵魂，即使受累受伤，也要勇往直前！我相信我就是我，我相信明天，相信希望，相信这是我们的第一，相信这是我们的舞台。大家用心歌唱，我在用情指挥，《我相信》的歌声盖过伴奏的音响，从多功能厅传出，响彻校园……这气势像熊熊火焰，滔滔江水，逐浪滔天。

最后，一个完美的手势，漂亮的弧度，收尾……台下响起热烈的掌声，伴随着尖叫与呐喊的掌声，只属于我们的掌声，一阵又一阵，还有什么比这更重要呢！

幸福来敲门

文/王天一

> 幸福是什么？有人说，幸福是爸爸雨天送来的雨伞；有人说，幸福是妈妈不停地唠叨；还有人说，幸福是倾听花开的声音……
> ——题记

小幸福，温暖我。

小小的，暖暖的，属于我的小幸福，让我一直快乐地往前走。

两个人，一把伞，笑着朝食堂走去，这算不算幸福呢？下雨天，我又忘记了带伞，于是只得傻乎乎地冲进雨中。"喂"，听到一声熟悉的叫声，猛然回头，幸福就在身后……

升入初中的我，好像一颗流星，在一群闪亮的星星中迷失了自己。揣着连班级平均分都达不到的数学试卷，沮丧地走进食堂。早已过了饭点，里面只有稀稀落落的几个人。"叔叔，来碗面，少一点儿。"我对着窗口僵硬地说。里面的叔叔笑着夹起面条，说道："你们哟，那都是要考大学的人才，用脑子得多吃点儿才行。"我依旧面无表情地接过面条，发现面条比平时多了很多。热腾腾的蒸汽里，有一种想哭的冲动。

在迷茫时，被素不相识的人关心，难道不是一种幸福吗？

在校园里，抬头看看澄澈的蓝天，看看郁郁葱葱的绿树，也是很幸福的事情。

闭上眼睛,想到今天问数学老师一道题,老师耐心讲解后又和蔼地问我升入初中后感觉负担重吗?想起语文老师问我最近食堂伙食怎么样?想起同学们帮助我的点点滴滴。忽然感觉空气变得甜甜的,阳光变得暖暖的。小小的幸福不时地叩开我的心门。

周末,要回家了。我激动得像只将要归巢的鸟,期待父母欣喜、心疼的眼神,期待那一桌丰盛的饭菜,期待……

小小的幸福时常来敲门,让我在平凡的生活中时常听到幸福花开的声音。小小的幸福好像发酵了一般,将整个世界填满。

借一世尘缘

文 / 苏问

我已经把对你的喜欢
遗忘在古老的字里行间
我已经把对你的思念
搁浅在昨日的云端
我已经把对你的埋怨
遥寄于星空的那一面
可为何你还要出现在我的梦境里
掀起惊涛骇浪
打翻我偷渡的小船
既然你要守护你的寺院
等待着羽化成仙
那么就请流放我到红尘间
重续那未灭的尘缘
让我到达彼岸吧
哪怕那是一片荒无人烟
至少我还有 一夜的无梦安眠
让我永驻彼岸吧
从此以后 你在这边 我在那边
各自拥有 世外桃源

心境的变迁

文 / 戚昊苏

从记事起到上大学前,我的记忆里都没有多少让我快乐的事。一直是不快乐的,不快乐的童年,一直是被人遗忘的那个丑丫头。从来没有过礼物,还要去地里干农活,黑得像刚果布的小朋友。上学后,被同学嘲笑戏弄,被老师歧视,逐渐地让自己变得越来越沉默,更喜欢一个人待在家里看书,在书里还能找到一丝的快乐。更多的时候都是在为学习而默默地奋斗着,在内心中很是讨厌那种应试的教育,不是为学习而学习而是为考试而学习。闭门读书那也是逃避别人的欺负,也是对外界的排斥,也就在那时在自己的内心里产生对外界人的恐惧,只要他是人,都会产生一种害怕觉得都可能在言语上欺负我,这也是我从小到大不愿意交朋友的原因。我更愿意和没有生命和不会说话的生命的东西待在一起,因为它们让我觉得安全。

考上大学,开学报到的第一天,爸爸送我到学校,交完所有的学费杂费,发现没有剩余的钱来充卡吃饭。爸爸回家拿钱第二天再给我送来,在那时是比较快捷的方式。独自一人收拾好宿舍的一切东西,躺在陌生的宿舍的床上,讨厌的胃痛开始侵袭着孤独而又紧张的我——陌生的学校,这会是什么样的开始。此时的心中还有没有考上财经大学的落寞,对这所学校有种排斥的感觉,丝毫没有"金榜题名"的人生之喜。

肚子很饿,这时同宿舍第二个到的小鹿小声地问我:"你去吃饭吗？"我看了看她，很难为情地说："我身上没有钱，明天我爸爸才能送钱过来。""我这儿有钱，先借给你100元，先充卡吧，我们一起去。"我心里一暖，肚子已经饿得咕咕叫，提出强烈的抗议，又忙了一下午，就跟着她去食堂。心里很感动，这是在这个学校第一天让我觉得温暖的事情。十几年过去了，当我给小鹿讲这件事的时候，她已经忘记了，可我还深深地记得那天的情景。因为被人关心得很少所以会很认真地记住曾经帮助我的人和事。

在大学里，除了学习，我们宿舍还和法本的师兄建立了联谊宿舍，他们的豪爽性格感染了我，让我觉得并不是每个人都是面目可憎的。尤其是1999年年底的那场大雪，宿舍人突发奇想和他们约好了去操场上打雪仗，互相扔着雪球，奔跑着，还有被来自不同方向的防不胜防的雪球砸中的那种惊恐中带着的快乐。那天，是我长这么大以来最快乐的一天了。好像生活中还是有快乐的事情，快乐是那么让人兴奋，让人轻松，慢慢地放下了戒备或者说对人的恐惧心理，变得更健谈。或许以前沉默了太久，或许是看的书太多，居然还蛮能说，被戏称为唐僧，刚开始还不知道什么意思，后来知道了，那时《大话西游》很流行，哈哈我又被人欺负了，不过心里没有难过的感觉。

毕业实习时一个人到了陌生的南方城市，在那里校长和同事都很关心我，我也帮他们做些力所能及的事情。虽然一个人在这里实习但并不孤单，很多人都愿意和我聊天，带我一起出去逛街。我还遇到了一个可爱的女生——郑锁群，与其说是我关心她，不如说很多时候是她照顾我。后来我办调动的时候她给我很多的帮助，记得那次在一个大雪天里陪我到镇上的派出所开证明，与其说我们是师生不如说我们是姐妹，在某种意义上她是姐姐我是妹妹。每每想起心里都充满着感动，还有她家人的热情款待更让我在异地有种家的感觉。

离开溧阳来到南京，这又是一个什么样的城市呢。记得第一次一个

人到南京，去江苏教育学院找一个师姐，中途要换11路不知道怎么走，遇见一个老大爷，就问他怎么走，他说了一口的不知道什么地方的话，听不懂，最后老人家带我去了11路站台。当时的感觉很亲切，觉得这个城市不陌生，不排外，后来真的就在南京了，是不是真的和南京有缘呢。在南京成家，老公和他的家人对我很照顾，让我感受到家的温暖，小时候一直被人忽视，现在被人重视的感觉很好。记得来南京不久，第一次跟同事出去玩到11点才回家，老公一家人都坐在那儿等我，没有睡觉。"打你的电话怎么没有接，人都急死了，出问题怎么办，怎么给你家人交代。"虽然言语中带着轻微的指责，但也让我温暖。我记得自己在初三一个人去芜湖表姑家，走了那么多天，他们也没有打电话问一声，包括我上大一时一个人去西部旅行，一个月也没有打电话，他们也没有紧张。我只是去和同事吃饭玩儿，迟了那么一会儿，老公一家人就紧张得快要报警了。从此所有的事情都有老公来烦神，我就是跟在后面，其实很享受这个过程，因为没有人这样关心过我。

　　第一年在南京上班，也是带着紧张的情绪来到这个学校，学校让我带高一的两个实验班和高三一个文科班并兼任班主任，工作量很大，也很疲惫。一天，在校园里碰到校长张家祥："戚老师要注意身体啊。"当时听完就有种想流泪的感觉。觉得自己再累也要把工作做好。第二年，老公因打球把脚筋跳断了，要住院手术。学校一个政治老师生孩子，我带整个高二的政治，一星期近20节课，晚上还要到医院陪护，白天又要到学校上课，实在吃不消了，就给管教学的王校长打个电话说明了一下。打完电话，越想越难过，就趴在办公桌上哭了，付老师和高雯、李慧过来安慰我，说你先照顾老公，课你上不了我们帮你看着。让我感到心里暖暖的，尤其是胖胖的高雯拍拍我的肩膀让我对她有了亲切感，我们成了朋友。和付老师他们在一起的那三年也是很快乐的，大家互相照顾互相支持，很是开心，是发自内心的快乐。和他们在一起的第三年，我怀孕了，生了乐乐，每天他都给我带来很多的快乐，这个时候的我是很快乐也是真正快乐的，每天都会看着他慢慢地成长，希望他每天都快乐，他也每天给我带来快乐。

后来学校合并，在让自己不快乐的学校里遇见了马明娟老师，又让我找到了温暖的感觉，其实那时也是快乐的，但马老师的离世让我难过了很长时间。第一次遇到关心自己的人离开，阴阳相隔的感觉很难受。一直希望能有能力让关心自己的人平安、健康的生活。

在我用友善的行为来面对周围的人的时候，我获得了一些人的友善和帮助，慢慢地我的朋友多了起来。当我需要别人帮助的时候，一些人会伸出援助之手。现在的心境要比上大学前的心境有了巨大的转变，以前总是觉得自己很难过，很不开心，总觉得别人为什么总是欺负我，现在要比以前更开心更快乐，因为现在有更多的人在关心自己和帮助自己。现在意识到，只要自己用友善的心和行为去面对别人，别人也会用友善的行为来面对你。

爱你现在的时光

文 / 夏木

爱你现在的时光，过去已经过去，较什么劲呢？未来还没有到来，你焦虑什么？你知道最大的恐惧是什么吗？最大的恐惧不是血肉横飞的画面，而是你调动你的想象力，把自己吓着了。

——白岩松

过去的过去，有过纠结，有过失意，有过痛苦，有过心伤，痛苦过后的痛苦，心伤过后的心伤，不幸过后的不幸，如此绵绵不绝的纠结，无穷无尽的折磨，却硬是冷着一颗心咬牙走过，含着满眼笑默默面对。多少次想哭的时候没有哭，不想笑的时候还在笑；多少次鼓足勇气接受自己挑战之后的失败，又在失败过后继续不知死活地挑战。在莫大的挫折面前都没有心灰意冷，却会在别人看来无所谓的失意之前落下泪滴。有时候觉得自己真是坚强得无与伦比，有时候又会因为一些小小的温情瞬间满眼泪花。

我想我终究是个太过感性的人，即使安慰朋友时总是一副冷静理智的模样，即使说出的话透着一份莫名的沧桑，那大概是无情而丰富的岁月造成的假象。

特别奇怪为什么自己不管面对什么境况，都能最快地适应各种不如意，并用自己的一套不明理论去抚慰他人，尽管有时候自己真的无法接受。也特别奇怪无论在什么环境下我都会创造一切条件，抓住一切机会让自己喜悦，让自己过得舒适与安心。包括说话的腔调，走路的步调，行为的乖张，思维的活跃。这也许就是朋友们总是对于我的没有来由却持续不断的笑意感到奇怪，进而被感染的缘由。一个人的快乐并不是最大的快乐，当他的快乐能够感染周围的人，这种快乐就得到了扩散，得到了升华。我愿意成为这样快乐的源头，并乐在其中。所以，尽管有过纠结，有过失意，有过痛苦，有过心伤，至今仍然潜伏在我的心中，偶尔出来犯上作乱一番，但是这些都不会成为我生活的主题，终究都会成为真正的过去，我仍然是我。

而那些青春中亮丽的色彩，会永远动人地在我不断丰富的记忆中不朽，站成永恒而绝美的姿态。那是几个尚未长大的女孩一起挤在不大的床上诉说着心里话；那是默默执著地惦念却以为我不知道的美好；那是那个豪放的女孩在察觉我的阴郁时说要笑对人生的坚定；那是在我双手冻得通红时递过来的温暖水杯；那是知道我感冒了在大夏天拒绝其他同学开风扇的坚持；那是日复一日和那个女孩一起奋斗却从未感到枯燥的艰苦而默契的日子；那是在我生日时写了好长好长一首诗的欣喜；那是喜悦地和那个不怎么和他人交朋友的女孩用同一个耳机听音乐的安静；那是惬意地坐在那个漂亮女孩的单车后面在落满梨花的校园小路上来回驶过，然后得意地无视教学楼内艳羡的目光；那是那个说话直率的女孩对我撒娇时的小表情，那是在寒冷的深夜一起熬夜学习时默默递过来的热水，那是我播音时爱站在一旁倾听却又说我声音难听的别扭……我无法历数在我成长过程中逐次出现的人儿，而他们的面容，此时在我脑海里深深地浮现，对着我微笑。如今每个人都有各自的生活，也不像以前那样联系紧密，可是那无关紧要，只要确信彼此怀念，只要经历过，就值得珍藏。我短短的青春，因着这些难能可贵的温情，变得绵长而回味无穷，在不停飞逝的岁月中诉说着它的意犹未尽和酣畅淋漓。

我想，我的青春，或者可以说每个人的青春，都不得不说是有遗憾和悔恨的。这些遗憾和我经历的种种艰辛，造就了现今我偶尔的伤感，而所有所有妖孽般的美好和不屈的奋斗，已足够我回忆那喜忧同在的青春。生命的主题应该是：面对复杂，保持欢喜。不论过去如何，现在是最最重要的不是吗？今天看到了白岩松的话：爱你现在的时光。突然感慨颇深，就写下了这些文字，在怀念我的可爱的朋友们的同时，亦与大家共勉。珍惜现在，保持欢喜，我们会有自己想要的未来。

初 恋

文 / 羲和

有人说初恋就像是出淤泥不染的白莲,而热恋就是火红的玫瑰,婚姻便是康乃馨。只有足够好运的人,才能将自己的白莲变为赤红火热的玫瑰,再将玫瑰变成馥郁宜人的康乃馨。

不过,可惜的是,我并非那好运的人。

时至今日的321天,我没有一天不在回忆着曾经与她一同欢笑的日子。但是那些美好的回忆却并没有给我带来半分的欢心愉悦,流淌在我心中的只剩一种名为悔恨的难过。

曾经妄想着和她一起欢笑的日子会天长地久,但是却没想到离别来得如此之快,快到让我猝不及防。这种仓促的离别,让我甚至连正经的一句"喜欢你"都没能说出口。

过去的321天,我总是在不断地问自己,为什么人与人之间的关系会脆弱到这样的地步。

为什么一个昨天还和我一起欢笑着的人,到了今天却让我无论怎么找都再找不到了。

我曾经问过她,我们会一直在一起吗?她开玩笑似的说:"如果我烦你的话,我就会立马从你眼前消失,到时候你就再也找不到我了。"

只是,我到死都不会想到她的这句玩笑话居然这么快就应验了。

直到现在,后悔依旧。我后悔的事太多,后悔自己有太多没来得及做的事，后悔自己不应该那么冲动和她起争执，更后悔自己为什么没能第一时间低头去认错。

过去早已追不回来，离那一天已经过了太久，无论我再怎么后悔，过去的事过去的人，都不会再回到我的身边。

在那之后，我突然明白了一个道理。也许人与人之间的缘分都是上天注定的，当上天想要收回的时候，连一分一秒都不会迟疑。

如今的我，唯一期望的，就是在今后不会再后悔。我也不希望其他人再经历这样的痛苦。

有人曾劝我忘记这过去的事，忘却这段勉强可以称为爱情的感情，去迎接新的未来。就好像曾经有人说过的，人生就像旅行，你永远不知道下一处的风景。但是，相应的，谁也不会知道，在今后是否还会目睹如现在一般美好的风景。

我唯一的心愿，就是在今后珍惜自己所拥有的一切。我并不贪求今后所谓的美好风景，只希望能在安心之地憩息。

自此，珍惜现在，珍惜当下。

也许这样一生便不会有遗憾了吧？

致另一个我

——给亲爱的朱小奕

文 / 叔秋

今天是个特别的日子。因为在 21 年前的今天，你我问世了，许是天生有份偏男孩子的好胜和倔强，你比我先从娘胎里出来了，从此你做了比我大 5 分钟的孪生姐姐（虽然从来就没叫过你姐姐），而在接下来的 21 年里也领受了你的这份倔强。

爸爸离开后，你我都大病了一场，可你却因中考失利再也没有恢复过来。高中休学在家的日子里你一度抑郁，情绪也很不稳定。也在这段失意的日子里，你看了很多书，也写了很多文章，你说没人读得懂你的文章，只有我知道那些文字里有多少的血和泪。我们一同咀嚼着悲伤，尽管这滋味很苦很苦却还要拼命回忆着，因为害怕遗忘和麻木。直到时隔多年后的今天才懂得释放回忆，把过去担负在肩上只会寸步难行。

我们很像，一颦一蹙都有彼此的影子，每次想你的时候，看看自己就欣然地笑了。我们有着一样的情怀、一样的书香情结，一样敏感，一样爱哭爱笑，一样时而倔强沉默，一样深爱守护着我们的老妈，一样有着极强的自尊，不肯认输，不肯认命，表面上风轻云淡，心里却暗暗下着狠誓。

我们却很不一样。你比我更爱诗词，你的词一度让我喟叹，望尘莫及。你比我更爱《红楼梦》。

　　你说今后要尚古时风骨来过佳节。这也决定了你学文,而我却学了理。你的性格像妈妈,外刚内柔;我的性格却像爸爸,外柔内刚。我记得小时候吵架,我好像总是输,家里头也总是闹哄哄的。现在的我却好想回去,回去那个你身体健康,有体力跟我闹架的日子。我会跟那个时候的自己说珍惜你们还能闹的时光。你的脾气向来比我倔,如果心里难受,谁都不想理睬,你哭的时候不想任何人安慰,因为你只想好好哭一场。身为高三学生的你,会每天5点爬起来背书,可是却每每被不争气的身子骨带累。那天你在电话里哭着说为什么你连全力以赴为自己拼一回的能力都没有,我什么都没说,只是静静地听着,但是心里一直坚信着你的不平凡。当所有人都活在被温室庇佑的高三生活时,你却要同时面对着学业、病痛和家庭三者的负荷。

　　有一天,你说"长大了终究要分开",那一刻我冲动地只想用我的所有去换取一个不长大的权利,可不可以不长大,可不可以不分开。现实总是容不下半分的任性,我们必须长大,我们必须分开。在我上大学报到的前几天,我们给彼此留了一段话,并约定在分开之后才拆看。你说"十八年来朝夕伴,如今归去独徘徊",你说"你我同一个娘胎,同一脐带曾供养着我俩,你中有我,我中有你",你说"我会努力学会照顾自己的,我知道曾经那个耐心照顾我的你已不在我身边了,没有人再如此耐心,如此无悔,如此贴心了",你说……这番话在那段想家的日子里,常常让我偷偷抹眼泪。你告诉我,我的存在是你的慰藉,而我也是,你是唯一,唯汝一人。

　　我们一同路过风,路过泥泞,路过美好。从我俩出生一百天的镜头到而今安静并坐的镜头,21年的跨度,只想表达一句话:朱小奕,这21年来的每一天有你真好。在每个生日里,你便是最大的恩赐。

　　朱小奕,生日快乐!

困兽的小忧伤

文 / 汪怡君

一些事情,在这座城市的山水间隐匿,看清了却煞是伤人。

等在岁月背后的剧情,走走停停,来不及演绎,已是他人的镜花水月。

我看见一些破败,在蜻蜓的振翅间抖落尘埃;

我听见一些悲凉,沿着蜗牛的轨迹渐行渐远。

是哪一位岁月的歌者,在离别的桥段中倾诉着关于遥远青春的种种?

尘封的记忆里,是谁在临摹着别人婀娜的身形?

落日把天空染红,在夜幕降临前将那些凹凸的山野映照得如同野兽干瘦的脊梁。

还未归巢的雌鸟,在摇曳的枝头做最后的鸣叫。

她似乎是迷路了,在急急呼唤她的爱人。

那只落单的白色鸭子,费力地摆动着它肥硕的脚掌,拼命追赶着快要消失在路的尽头的鸭群。

或许孤独将会要了它的命!

我还在惦念,当记忆也长满胡茬。

有人开始记不得一些事情,还有那些曾经的少年在时光的荏苒中已和梦想渐行渐远。

我也忘却了一直在书写的原因,很多时候为自己的矜持抱不平。

常常在夜里闭着眼睛失眠,就这样闭着眼睛,让思绪在大脑里翻腾。

我的忧伤,在冬天的寒冷中出现结痂的迹象。

记得那一次回眸,你的眼,忧郁装得满满的。

间或出现的极端,冷不防会把好心情打乱。

意料之中的包容,是不是还添些麻烦。

波澜不惊的生活却早已埋下凌乱不堪的祸端。

理屈词穷的反诘,形容词的反复堆叠,只为理清纠结在脑海中的欲念。

夜,在书写中被慢慢拉长,思念在里面泛滥。

我小小的忧伤,夹杂着抹茶淡淡的味道,在昏暗灯光的投影里被镌刻在墙上。

耳塞里的小情歌,唱着别人的过往,我的那一段,来不及开始,已早早画上休止的符号。

我只是一只受伤的困兽,我只是想在黑夜也睡着的时候独自舔舐伤口……

其他,我别无所求。

昭然头发跳起来

文 / 张佳羽

都什么年代了,昭然还留着盖碗头,疯疯癫癫的,男孩不像男孩,女孩不像女孩。谁惹着她了,那算倒了祖宗十八代的大霉了,"扑天盖地雷!"她做一个划破长空的动作,蹦两蹦,然后就要出手了。你不得不佩服她的弹跳能力极好,一蹦,能越过凳面,再一蹦,能跃过课桌,翻山去打虎。

班上的男生都怕她,当面夸她穆柯寨的野蛮公主,背后说她有待鉴定性别的双面人。她是专挑男生当对手,有仇必报,该出手时就出手,谁惹老娘谁死定。她打架的前奏,就是盖碗头忽忽闪闪,上下跳动。左三圈,右三圈,上三路拔门牙,下三路挠痒痒。

乖娃找她报仇,诉说男生胡椒如何如何欺负她。她问:"你想让他怎样?"乖娃说:"他脸挺黑的,不晓得肚子是不是也黑。"昭然拍拍她肩膀:"你就等着看好戏吧。"果然,昭然跳过桌子,旋风一样旋到胡椒面前,三下五除二,哈哈,那个倒霉蛋男生还没弄清怎么回事,就被她把衣服翻过来啦。胡椒伤自尊极了,嘴角的黄毛胡须弯了又弯:"你臭流氓,光天化日之下,看男生的肚皮。"昭然两手叉腰,朗朗地笑:"老娘还就流氓啦,你反抗呀?"胡椒嘴角的黄毛胡须抖了抖,表示很无奈地不服气。昭然捉住他右嘴角的胡须:"你猫科动物呀,还有这功能。哦不对,你海狮的同门师兄弟。"胡椒欲推开她的手,这时听到有一个笑

声比昭然更得意。胡椒歪脑袋一看，是乖娃。他明白了，乖娃搬来后援队，自己惹上大麻烦啦。

班级人都知道，昭然有"三怕"：怕男生哭，怕男生软，怕男生腼腆。她也有"三不怕"：不怕男生有劲，不怕男生对着干，不怕男生组团忽悠。胡椒属于"三怕"里的后一种：腼腆。他欺负女生，多半是嘴巴惹的祸，属于蔫坏蔫坏的那一种。

那天下午放学，他和几个男生走在一起，谈论女生。乖娃无意中跟在他们后面。他们谈得很投入，居然没有发现乖娃离他们很近。他们东扯葫芦西扯瓢，三扯两扯，胡椒带头扯到乖娃身上："咱班的女生，嘻嘻，就数乖娃耐看。你看她的腰，细细的，像蚂蚁的腰；她的胸，鼓鼓的，像奶山羊的胸。"男生争着评论：你有没有搞错，奶山羊的胸，啥都没有。胡椒鬼头鬼脑："口误，口误，更正一下，是奶山羊的奶。"乖娃当时就感觉羞死个人，看不出来，平常蔫不拉几的胡椒，原来这样坏，在背后对女生评头论足。

她听不下去了，低着头，快步穿过几个男生身边，哀哀地训斥了一句："不怕嚼烂你们的舌头，没正点。"男生立马嚷嚷开来：说曹操，曹操就到，大家看看哦，她还真是奶山羊的奶。乖娃用书包背带压住抖抖的胸，扭头扔下一句："胡椒你等着，有人会扒你的皮！"男生推胡椒：你摊上事儿了，你摊上大事儿了！快说，你是不是看过乖娃的胸。胡椒故作英勇地蠕动几下上唇，再用脸肌的拉力抻抻右嘴角，那撮小浪卷的黄毛胡须狠劲弯了几弯："那还用说。"男生兴趣忒浓：白不白？胡椒大声说给乖娃听："白。"有多白？"就像她脸一样白。"男生笑，乖娃跑步远去，不想与这些无聊的家伙们纠缠。

过后，乖娃一连几日睡觉前反复在镜子前比对：胡椒你胡说，你什么时候看过我的胸？你咋知道我的胸和脸一样白。哼哼，你造我的谣，我让你没好。班上流行一句：有难事，找昭然。对，我就找昭然修理修理你胡椒，把你个青椒晒成红椒，红椒碾成椒面，椒面吹散，扑你自个满眼，看你还胡说！而胡椒过后早忘了这事儿。那不是与同学吹牛么，图个嘴瘾嘛。散伙以后，哪跟哪呀，说过的话一风吹，不在记忆库储存。乖娃可牢牢记着这事儿呢。她很私密地说给昭然，昭然瞅瞅胡椒，开始炫耀武力，对称地旋转着两个手腕，活动活动，这个暂短的过渡就结束了，奔上前去兴师问罪。

她收拾胡椒，给他留足了面子，没有太过分地整他。可就在她要收手时，冒出来保弟，挡在胡椒前面，要为他打抱不平。保弟干瘦，显得个头出奇得高。昭然看他，还得仰着头。"够爷们儿，敢和我对着干。"昭然评价他。保弟左手大拇指翘得朝后仰着，向自己胸前大幅度地开合，一点一点的："女侠，我保弟今天要保我弟了！"昭然豁开他的手："你那指头那么仰，不怕仰翻了？"保弟说："仰翻了我也是条汉子，宁死不屈！"昭然脚底弹跳起来，盖碗头标志性地上下闪动。胡椒拉保弟："别跟她动手，你打不过的。"保弟推开胡椒："哥为你就义一回，怕个屁！"正说着，昭然跨上桌，一个高空劈叉，直直地向保弟的左肩劈下。保弟一愣，昭然眼看要着陆的长腿一偏，挨着保弟的肩头滑下。保弟稍稍松弛一下，昭然极快地换了右手倏然攻击，"嗖"地一个弧划过去，还不等旁人看清，她已扳住保弟的两颗

大板门牙："要不要开个水渠呀？"保弟嘴巴合不拢，吐字不清地说："你缺德，使阴招。"昭然松开他的门牙，但在松手时手指像箭步穿杨一样，趁势而上，极其精准地"吧哧"一声，弹了他的鼻头，酸痛得他呀，眼泪花都挤出两朵来。保弟欲抓昭然的手，结果眼被泪花糊住，虚影太多，偏差加失手，竟然触了昭然的胸，乖娃骇大嘴巴："天啊！禁区，禁区！"胡椒急了，颠过去堵住她的嘴："别嚷嚷，不是故意的。"乖娃更骇了："你……我……"胡椒赶紧松开手："对不起，我也不是故意的。"

全乱套了！胡椒的手盖上乖娃的嘴，他第一次感触到女孩的嘴巴那样柔软，呼吸那样喷香，有种异样美好的感觉。他从乖娃嘴上取下巴掌时，太紧张，动作十分的走形，不留神指头勾住乖娃的低圆的胸领。这一勾，有雪白的亮光射出来，吸着他的眼睛跟进去，哇呜，看见了，看见了，好白哦！他激动万分，再看乖娃的眼神，变得超级的敬仰，这是个美少女哎！乖娃也莫名地激动，僵在那里，再看胡椒，他并不那么讨厌。"别打了！"突然间，他与她共同发声，就像合练已久的二重唱，那么默契和一致。昭然停住手看他们：有没有搞错，一个通敌，一个叛变。保弟也奇怪：我的忙活纯属多此一举呀，原来你们拿我们开涮？

本来保弟还要显示英雄气概一番，如果真被昭然打败，他也想好退路，撤退词是："男不和女斗，我不把你揍。"昭然同样准备好"礼让"词："谁来和我斗，不变猫，就变狗。"他们都很有被欺骗感，有一种说不出的挫败叫出卖。缠斗很没有底气，弄不清是非对错，谁为着谁。

但就这样散了，昭然不甘心。是你乖娃求我报仇的，现在又是你反悔，我成什么人啦，糊涂蛋？她要他们三人各作一句诗向她还情，方可善罢甘休。保弟说："你可别逼我，我脑子灌了一吨重的铅，实着呢，作不来作不来。"昭然的食指挑逗又藐视地指着他："不陪着我玩是吧？"保弟眉头一躬："那又怎样？"昭然左手二指张开，触角一样灵敏地向前挖动，欲飞蛾扑灯。乖娃眼尖，扑上去抱住昭然："好了好了，打打嘴仗就可以了，别再动武。"胡椒帮腔："就是就是，多大的深仇大恨呀，皇上不急太监急。"昭然嘴巴屈成大大的"O"："保弟筒子，他在侮辱我们这些打抱不平的，你看怎么办？"保弟驼鸟一样曳着脖子："我还就太监急了，好心当成驴肝肺，你俩也太莫名其妙了！我都搞不清，到底谁伤害了谁，谁又找谁报仇？"胡椒连忙左右分劝："那什么，消消气，消消气，生气的不要，开心大大的。我应昭大侠的提议，先作诗，赔罪，赔罪。"昭然问："你赔什么罪呀？"胡椒抓抓寸头："就是……就是……"他看乖娃，乖娃哎他，他便坚定地说："就是狗嘴里吐不出象牙的罪。"乖娃肯定："对，他就是那个罪。"保弟不解："这是什么罪啊？"昭然一指头戳在他脑门上："等你懂了，黄花菜早凉了。"

保弟从胡椒桌上拿起一本字典，欲查。昭然一把夺过来："字典上有哇？"保弟说："这你就该淘汰了，跟不上时代脚步。这叫啥字典？万能字典，对吧，想查什么，就能查到什么。"昭然哦了一声，自己抢过来乱翻，没看出与《现代汉语小词典》有什么不一样。胡椒有话说了："秋风不解意，何必乱翻书！"昭然这才知道自己上当，忒没面子。她一抬手，"哧啦"将字典掰成两半："戏弄我是不？这就是代价！我家有六大书柜的书，我天天看着它们，不比你们有学问？切！"乖娃接话："黄昏爬书橱，读过几格书。"

昭然腾地弹起自己来，盖碗头跳啊跳，两只拳头明显攥得很骨感。不好，她要发威了，胡椒、乖娃，还有保弟，不约而同，"哗啦"四散而逃，他们又像同一战线，又像游兵散将。昭然吼："你们给我回来，看我不……"狠话说给不沾边的同学听，他们只当看笑话，观西洋景，两不该该，一言不发。昭然突然没了对手，抓一把空气甩出去："全都浑蛋，欺到老娘头上了！来呀，有胆量返回来呀，看我怎么扫平你们！"全班大笑。大家早习惯了她的吼叫，看她耍威风的样子，还真有点《还珠格格》里小燕子的作派哩！

在路上

文 / 张旭萌

无数双脚走过的地方形成了路。穿行于小街小巷，又汇入宽大的街道。行走在不同的路上，就像穿行于不同的世界中，它让我感受到了不同的心境。

我站在一条曲折的土路上，土地是坚硬的，踏实的，像住在这里的人一样。泥黄的路夹带着石子，像一条腰带系在半高的土山上。我能远远地听到农民在田地头上耕着地，嘴里哼的是再朴实不过的调子。在微毒的阳光下，他们带着草帽，挽着袖子。这调子铿锵有力，也是这调子带动着人们辛勤地劳动。我走在黄土路上，蜿蜒小路在前方转弯，杵进了田埂。走近农田，我看见了一张笑脸。他一手杵着锄头，一手放在前额挡那晃眼的太阳，晒得黝黑的脸上有着饱经风霜的皱纹。他眯缝着眼睛，白而又发黄的牙露了出来。"大伯，您知道怎么走才能看见公交站吗？"我问。"公交站，我知道，在村子的东面，沿着这黄土路再往前走。怎么，小姑娘是去那边的景点玩来着吧，还看不够，又来了我们这个小村子？咋样，美不？"在这黄土路上我感受到一种朴素的辛劳的美。那是黄土路上的人情美，使我心旷神怡。

我站在一条笔直的小巷中，路是石板铺的，跺跺脚能听见响亮的回声，想必这巷子一定很长。要是手中不拿地图，一定会在这错综复杂的迷宫中迷路。这些路像管子一样笔直而细长，交织在一起。三转两拐，人影就消失在迷宫中。路边小院子敞开着红漆的大门，门的两侧分立着两尊石狮子，像两个护卫。再往里看，合欢树下坐着一位老人，他望着院外的影壁，安详而和蔼。我站在石板路上，轻叩门闩，老人微笑着说："进来吧。"我跨过门槛，院内依旧是青石板路，和巷子的一样。"看这石板路多么的亲切呀，它铺在这里有一定的年岁了。"是呀，在这静谧的巷子中最引人注目的就是这路了。"孩子你想必是在巷子中迷了路吧。我坐在这里，每天都有生人止步于此，向我问路。我对它是多么地熟悉呀，它是编织我生活的路。"在这青石板路上我感受到一种静谧和善的美。那是青石板路上的美，使我神清气爽。

我站在一条宽敞的柏油马路上，路上行人匆匆，很少有人互相打招呼，在这繁华的大街上，人们互不相识。只因太匆匆很难展现人性的美。

行走在不同的路上，就像穿行于不同的世界中。不同路上的人们性情不同。我生活在匆匆的柏油马路边，但我相信，所有的人在路上都会感受到美。

2014

文 / 张佳羽

今天，是全校美术特长生的福气日。一场盛大的美术作品展评，将校园装点得琳琅满目、春暖花开。更吸引人眼球的是，2014号作品把1号作品的作者画活了，反过来，1号作品画的是2014号作品的作者，画得像而不活。

这是怎么回事呢？呵呵，这俩人是同桌。1号作品的作者叫韦玥阳，2014号作品的作者叫吴端正。韦玥阳是个"玻璃女孩"，患脆骨病，不能碰，一碰就碎，天天坐在轮椅里。吴端正是个"阳光男孩"，一身的艺术细胞，画什么像什么，一来二去当了"玻璃女孩"的师傅。

他俩互相给对方当模特。徒弟费尽九牛二虎之力，画技大有长进，却仍然超越不了师傅。师傅对徒弟十分洞穿，越画越传神，画出了"玻璃女孩"的特质，谁见了谁夸好。

韦玥阳眼皮耷拉下来："我有心无才，画技远不如你。"吴端正忙摆手："你天天与病魔抗战，能画成这样，在精神上早超越了我。"韦玥阳固执地坚持："疾病不是画不好的理由，我不原谅自己。"吴端正急出一头汗："那我更不原谅自己。"韦玥阳瞪大眼睛："为什么？"吴端正嘘唏："我没有把你心态教好，光教画技有什么用呢？"

韦玥阳见吴端正自责，就换了笑容："你别恼，我对自己有信心，一定超越师傅！"吴端正溜掉的阳光又回来了："这就对了，哪能一口吃个胖子。你一定行！"

俩人依旧互相给对方当模特。从高二画到高三，韦玥阳共画了36幅吴端正的肖像，吴端正也画了36幅韦玥阳的肖像。赶上学校举办规模宏大的美术作品展评，韦玥阳从36幅肖像画中选了又选，挑了一张全班公认最好的报送上去；吴端正也从36幅肖像画中选了又选，挑了一张自己觉得最不理想的报送上去。

学校布置展厅，把吴端正报送的"最不好"的作品排在1号位，把韦玥阳报送的"最好"的作品排在第2014号位。吴端正手疾眼快，从1号位上撤下自己的作品，换到2014号位；再把韦玥阳的作品从2014号位，挪到了1号位。

负责维护现场的老师不悦："请你把两幅画的位置再调回来，尊重一下学校的决定。"吴端正下唇耍怪似的包着上唇，向上猛吹一口气，吹得额上的发梢向上翻动。他拧着眉说："老师，办书画展评，是得奖重要呢，还是挽救生命重要呢？请您尊重一下我的决定。"

老师洗耳恭听，了解了隐情，默认了吴端正的"变通"。

韦玥阳行动不便，对这些事一无所知。她被吴端正推着看画展，发现1号位赫然挂着自己的作品，惊讶得差点让下巴颏掉在地上："不会吧，我的作品有那么好吗？""有哇，"吴端正接话，"我说你不信，学校展评组的认可和推举，你总该相信了吧！"

那一刻，韦玥阳幸福极了，她的画居然能被大家肯定，身上所有的疼痛被瞬间催化。她的精神状态大好，边往下看着别人的画，边打着很开阔的手势，滔滔不绝地发表自己的观点。那架势，俨然像个画技高超的绘画大师，指点着江山，激扬着文字。

但事实是，驻足在2014号画前的人很多，好评如潮。甚至有慷慨激昂的同学质问：这样出色的一幅画，为什么要挂在后面的墙角里？太不公平。吴端正怕韦玥阳听到这些不该听到的话，心理上产生起伏，有意

不推她去看最后一排的画展。

韦玥阳指名道姓要看吴端正展出的画。吴端正说："吃了午饭吧，饭后找找看，我也不知道安排在哪里。"韦玥阳信吴端正说的话。他让别的同学推她去了餐厅。

吴端正趁负责维护现场的老师不注意，撤下自己的画，隐藏了起来。

饭后，韦玥阳催吴端正陪她去找吴端正的画，一直找到最后的2014号位，竟是一片空白。她一脸的茫然："怎么没有你的画？学校是不是搞错了，怎么能没有你的画呢？"吴端正灵机一动："瞧，怎么能没有呢？这个空白，是学校留下的一个期待，期待我画出无与伦比的画。"

"你现在的画不好吗？"韦玥阳问。吴端正强作镇静："好什么好呀，和徒弟在一个水平线上，那叫好吗？老师讲了，对于吴端正同学，要高标准，严要求。既然他的徒弟把他画得很像，那就让他徒弟的画供着他吧，等他画出骇世的作品，再取代他的徒弟吧。"

韦玥阳热泪滚烫："我一定不让你超过我，我要比你画得更好！"吴端正轻轻握着她的手："给师傅留点面子吧？"韦玥阳两眼放射着光芒："不给。我要为你争气，为自己争气，画好自己的人生！"

瞧瞧，在2014号空空的画位前，"玻璃女孩"韦玥阳找回了自信，"阳光男孩"吴端正很心满意足。对于他们来说，这是中学时代最后一次画展。1号位挂着的肖像，是2014号展位的主人；2014号展位前陪着赏画的，是1号作者的师傅。

如果没有你们

文 / 苏问

又是一年毕业季。浓烈伤感的夏天已经悄然而至。当高考已经落下帷幕，当结局已经尘埃落定，又有一群人陷入了无尽的怀念与期盼。期盼一份未知的美好，怀念那段单纯的岁月。当再次整理那些高中的记忆时，是否也有那么几张笑脸，那么几个场景，深深地勾着你的不舍和留恋？原谅我的迟钝，原谅我的慢热，直到大学，我才突然觉得我是如此的幸运，幸运的我遇到了你们，在我最美丽的岁月里，在我最美好的青春里。再也不想故作深沉地隐藏自己的感情，今天只想说出没说过的话，让你们知道，我在想念着你们。

——题记

曾经无数次地想过，与你们分别之后的伤感，但却真的没有想到，想念会如此浓重。从来没有认真地向你们表达过什么，但今天，就让我一次说个够吧。

TO 小A：还记得高二吧，或许你会记得比我清楚得多。常常觉得你就是另一个我：一样短得不能再短的头发；一样匆匆的步伐；一样的不喜欢打伞，喜欢狂奔在雨中；一样的多愁善感，为落花落泪，为流水叹息；喜欢看一样的书，喜欢同一个角色，还会不约而同地对同一个角色有着同样的评价；喜欢吃同一种食物，每天吃都不会觉得腻烦，慢慢地成为一种习惯。

　　习惯了，就会忽视，就会觉得一切都顺理成章，理所应当。相识了近四年，却是最近才发现我们是如此相似。当我独自一个人去图书馆的时候，想起了那个载我去书店的你；当我独自一人走在雨中，看着满街飘浮的雨伞时，想起那个和我一起狂奔在雨中的你；当我默默地合起一本书，却无人分享时，想起了那个与我探讨到凌晨的你；当我看到满地落叶，忍不住满含泪水的时候，想起了那个和我一起悼念樱花海棠的你。我依然会经常去吃同样的东西，却再也没有去吃过我们在一起吃了无数次的东西。

高二的那年，一起跑步的操场，一起转悠到凌晨而被教导处抓到的那个灯光下，一起去了无数次的书店，一起爬了无数次的虎头山，一起漫步的樱花小道，一起看雨而熬到凌晨4点的那个窗户。其实我一直没有忘记，只是不敢回忆。我会装傻，只是伤感，你不能和我一起走了，我们人生之后的旅程，只剩下遥望的祝福了。

TO 小B：从高二开始听五月天的歌，一直到现在，从未停止地听，很幸运的，有你的相伴。

从高二到高三，再到那梦幻的高四，唯一一个没有跟我断过联系的人，就是你了吧。我曾经说过，进你的空间，看你的日志，仿佛看见了那个不曾表露的自己。是的，没错。你很天真地叫我师傅，总以为我教会了你很多很多东西，你总会怀着极其崇拜的心理去看我，你也会很相信我，遇到不能抉择的时候，总是要听我的建议。我不知道，你为什么会如此看我，你也不知道，你曾给过我的自信与坚定、力量与勇气。

我不想说，是怕你太得瑟，也是那一点小小的虚荣吧，被人信赖和崇拜的感觉总是好的。我们都一样地崇拜着五月天，我们都一样的多愁伤感，喜欢让一切流露于笔尖，我们都一样留恋着北院的樱花、海棠，还有那日日萦绕梦中的红叶李。我们都一样的倔强，可是，你却比我坚强。我们都一样的疯狂，可是面对现实，面对梦想，你却比我更加有力量。我没有告诉过你，你给的那支笔，陪伴了我高四的下半学期，丢了好几支笔，那一支总是幸免于难。我没有告诉你，你给的那本歌词，我曾经翻了一遍又一遍，高考后，卖了所有的书，那个本子，依然躺在我的书桌上。我没有告诉你，你写的那封信，我看了一遍又一遍，总是在我伤痕累累的时候，给我继续努力的勇气。我没有告诉你，当你在五月天的演唱会上给我打电话的时候，我有多么地崇拜你，嫉妒你。我没告诉你，每次你给我打过电话之后，我的心情是多么的舒畅，笑容是多么的明媚。

我也没有告诉过你，不能一起走下去，我是多么多么的遗憾。但是，我却相信，你的勇气和力量，会穿越1000公里，映射在我的生活中。未来的日子，我们一起努力。

TO 小C：今天在空间里看到你发的照片了，突然之间，是那么的想念。同甘苦，共患难，用在我们身上，真是再也恰当不过了。一起走过的高三，一起走过的高四，人生以来最重要的两件事，我们一起经历了，就连结局，都是如此的相似。不能忘记，一起在操场上漫步谈心的场景；不能忘记，每天一起吃饭的快乐时光；不能忘记一起乘车回家的路上，我们的滔滔不绝。你是个幸福的人，也是个能让人感觉到幸福的人，有你在身边，总会有一种莫名其妙的平静和快乐。润物无声，你安静地走在我的生命中，却留下了清晰的印记。希望你一直如此的简单，快乐，幸福。

TO 舍友：最不愿回忆的，也不敢轻易想起的，是高三。但是可爱的你们在高三的记忆中，我不舍得失忆。

高三的日子里，充满着压力和竞争，但是，这些不存在于宿舍之中。那间小小的屋子，承载了我们多少记忆。虽然我已经忘记了宿舍的号码，但却依然清晰地记得，我们每天在宿舍聚餐的温馨，依然记得每晚回去，相互开玩笑的快乐。那些细碎的快乐，那些短暂的欢笑，没想到，竟成了我高三最美好的记忆。高考之后一起抱头痛哭，晚宴之后一起心酸的微笑，还有那彻夜不眠的长谈，离别时的不舍与伤感，如今已是远在天边的你们是否还记得？

TO 你们：还有好多的朋友，我来不及记录，但是，你们出席了我的人生，我很感激，你们留下的点点滴滴，也将铭记在我的岁月里。

如果没有你们，我的人生，将会失去多少惊喜，如果没有你们；我的青春，又将多么的暗淡无光；如果没有你们，不知道我会迷失在哪个方向。

可爱的朋友们，我在西北，遥望着你们，祝福着你们。

谨以此文，献给那些伴我走过痴狂岁月的女孩儿们。

邂 逅

文 / 羲和

人生，总有那么美的几场邂逅。

它们总是如此的不期而遇，像暴风雨一般来势汹汹却又无法预料。

也许走在路上，只是不经意间的一个回眸，便看见在那人海之中唯一的一个人。

也许他或她不曾对你微笑，甚至连那人的正脸你都未曾见过。但只需要一眼，便足以让你魂牵梦萦。

那种感觉，绝对不是喜欢，更谈不上思慕。

因为你根本就不认识那人，一切所谓的感情根本就谈之不上。

这是缘分？

这是偶遇？

不，什么都不是。

这只是一种灵魂上的震颤，只是在一瞬之间的心动，却注定不会长久。

那人一定不会是你生命中注定的人，因为只一转身，那人便会彻底湮没在拥挤的人潮中，无论再怎么放眼张望，你都无法再在人群中寻觅那耀眼的孤灯一盏。

只是，一瞬的相遇，便注定了不可能长久。也许让你心动的，只是那背影的轮廓，甚至只是一瞬间你觉得那人有着你心仪的服饰搭配，让你觉得一时的心情舒畅而已，这种只可谓直觉的东西，只会在心中留存不长的时间。

　　这种感觉的长短，也许只能保留到那人消失在人潮中的一瞬，也许你在梦里也会回味和那人那梦幻般的偶遇，但这个过程在你漫长的一生之中，却简直可以忽略不计。

　　他或者她，注定只是你人生中的一个过客。

　　注定，不是归人。

　　如果硬要将那人划归人心的一隅的话，那么他或她便一定是梦幻。

　　一生的梦幻。

　　虽然梦是如此的美好，但是只要是梦，便总是有着醒来的一天。

　　梦幻有着无尽的美好，但是却短暂得让人不舍。当梦醒的一天，虽然残酷，但是却依旧得接受现实。

　　只是在这残酷的现实之中，如果能有个短暂而让人回味的梦，想必也不错吧？

　　邂逅，就是人一生中最美的初恋。

我的自传

文 / 李奕含

"李奕含为何许人也？""是我矣！"本人姓李，李白的"李"，奕，"神采奕奕"的"奕"，含，含笑的"含"。

吾属于女娲创造的第一个女性，正值花样年华，生于公元2000年12月28日。家母曾预言："只要你好好学习，爱学习，前途将是一片光明！"

吾目前就读于地球、亚洲、中国、山东省、临沂市、费县、东关中学、八年级三班。

本人眼睛极其"美丽"，却有一副小眼镜高高地挂于鼻梁之上（无奈，近视久矣）。性嗜玩，闲暇时爱做白日梦，每次做梦都会傻笑许久，曾被友人认为神经有问题。家母知我爱玩，闲时总会带吾去游乐场狂欢！

家母，生我者，亦为知我者，每遇我犯错误顶撞时，就精心动用各种手法，直叫我心服口服，不打自招。目前，吾成绩上不着天，下不着地，比上不足比下有余；略偏科，地生刀枪不入，老师已对吾磨刀霍霍。晚上失眠时便胡思乱想，担心马航失联飞机是否坠海，明天会不会有暴风雨？父母曾曰："此人忧天不忧己！"

在班内不算平民，也非领袖阶级。英语课代表，名好听，实为作业搬运工兼传话员，每天为同学们东奔西跑，累得腰酸背痛。另得共青团

员，连仅有的一点儿"毛票"也被当作团费上交。（可怜）

本人好玩拼插玩具，一拼就是四五个小时，常常被家父训斥，曰："幼稚也！"本人一旦玩起来，更是目中无人，不管不顾，不知悔改。

本人好吃，可谓是吃货矣，每日口袋零食不断，偏爱吃辣，如鸭血粉丝、麻辣烫、酸辣粉、麻辣火锅……吾学过下棋、书写、画画、钢琴、古筝，应该说琴棋书画样样精通，但琴棋书画样样不能精通！三天打鱼两天晒网，常常遭家人训斥，不知悔改，约N+N年后或可悔悟。

我希望能住在凡尘宫廷，过神仙般的生活，像大熊猫一样名贵。当然，不希望这个社会明珠暗掷，我更不会买椟还珠。

呜呼！以吾这平平凡凡的成绩、平凡的长相，何以立足于大千世界？不过，吾是天下独一无二的唯一的！

天堂和地狱的距离

文 / 羲和

我记得在不久之前听到过"天才病"的这种说法。

据说那是一种被名为"天才"的人们才会有机会得的怪病,得了这种病的家伙们似乎都失败了。

不知道怎么的,仅仅从这个异常的名词中就看到了过去的自己。

我记得我这一生中有过很长的一段时间,那也是我一生中最得意的一段时间。

也许自己说自己的过往,总是会对那些无法改变的往事进行美化修饰,甚至有一种不真实在其中。但是我依然记得,在那个时候耳边总是会有很多称赞的声音。也许是因为所谓的早慧,我明白比同龄人更多的东西,知道比同龄人更多的知识,也就欣然接受身边人们对自己的赞美。

让我记忆最深的是在初中的时候。那时我正在叛逆期,对于庞大作业量不满的我开始顶撞老师,无论老师如何说教甚至反讽都听不进去分毫,甚至为了反抗,故意不去写那些老师的作业,不听他们的课,但是在考试的时候却依旧会取得好成绩。久而久之,我开始变得志得意满、得意忘形,甚至变得目空一切。

桀骜,眼高于天的我甚至说出过猖獗的话:"天才?天才算个P,老子是天之骄子,是被天选中的人,你们这些凡人花一辈子也做不到的事，老子只用一成的力气就足够了！"

也许是上天要惩罚我的猖狂，也许是我确实不适合应试教育，总之在中考的时候，我尝到了失败的结果。

如果比喻的话，就好比是从天上一下掉了下来，将我曾经的自豪与自信摔得支离破碎，甚至再也没有办法聚合在一起。但是那时我却为自己找理由，甚至依旧嚣张地对其他同学说："就算我不写答题卡，总分照样比你高。"

而在高中，我却再一次重蹈覆辙，再度在自己擅长的领域尝到了失败。

我突然明白了。

我不是天才，更不是自称的天骄。

我只是一介凡人。我也会失败，更没有受到上天的眷顾。

只是，我似乎明白得太晚了一些。

一次次的骄傲换回了一次次的失败，虚伪的高傲在一次次的打击中撞得头破血流，最终只能从往日的旧梦中寻找那一点一滴的自我满足，也只有我一人沉迷于幻梦之中久久不愿醒来。

也许我过去的确有着比其他人更好的理解能力，学得比其他人更快，但是就在我沉醉于幻梦之中时，原本与我一同前进的人们却早已远远地将我抛下，甚至让我连他们的背影都再望不见。

甚至，在我沉醉之时，错过了太多重要的东西。外公在我浑浑噩噩的时候溘然长逝，而得知他的葬礼时却已经是两个月后了。

虽然我与外公之间并没有太多珍贵的回忆，但是在他逝去后，我却依旧会觉得世界空了好大的一块。

仔细想了想，我的世界实在太小了。尽管世界无限大，但是真正我认识的，和我有关系的人，却只有那么多。人总是会死的，在他们一一离去之后，我的世界便会渐渐缩小，直到只有我一人。

这么想来，曾经自诩的天才，曾经的我，在未来，还会剩下什么呢？自认无比伟大的我，和整个世界相比，也不过只是蝼蚁。

如果说原来得意的日子就像是生活在天堂中，而失败就如同地狱的话，那么在几番天与地之间的沉浮中，我已经明白了太多。

或许，天堂与地狱，只有着一颗心的距离。

亲情树

青青园葵,逐日择光

——记我的导师刘葵女士

文 / 王宇乔

我的导师刘葵是四中的特级教师,虽说认识她之前我早已戴好了有色眼镜,但自打和她见了面,准备迎接她师道尊严的想法一下没了影儿。因为她讲课中老露出些小情小调,所以"Miss 刘"的称呼便抢先着扎了根儿。

"看我们窗前这棵树,因为树叶的形状像鹅掌,所以叫鹅掌楸。秋天叶子变黄的时候,这棵树还有一个别名叫'黄马褂'……"这是刘老师在我们班上第一堂语文课,与我们分享杜甫的《天末怀李白》的场景。教室前方墨绿的黑板,和窗外金黄的鹅掌楸"马褂",衬着她工整娟秀的白色板书:"凉风起天末,君子意如何。鸿雁几时到,江湖秋水多……"一切的美,像是她有意的安排,而此时的我们,又似乎真的中了她的圈套,分明在文字的时空里看到渐起的秋凉,南飞的鸿雁。"文章憎命达,魑魅喜人过"的苍凉,"应共冤魂语,投诗赠汨罗"的感怀,顿时贯穿了千年的时光,来到我们身边时,触觉、听觉、视觉中,带着历史的温热。刘老师借助倾情的讲述,用诗词实现了古今的交映。之于听者,那一系列或铿锵或婉转的字节了然于耳畔,课堂已不再局限于教室,这样的课堂令人享受。

我们都能感觉到,Miss 刘对诗歌有种特殊的情感。记得她给我们讲《会唱歌的鸢尾花》那次,为了让我们读好这首诗,她煞有介事地告诉我们科技楼门口草坪就有李志强老师种下的鸢尾花，并暗示我们去那里驻足。她绘声绘色地描述那些花朵的姿态，似乎风中，真的能听到鸢尾花的一串串歌声。

刘葵老师在京城是很有名气的语文老师，大大小小的学术会议都会拍到她板着面孔发言的照片，可是在我们的眼里，她却总是副朋友模样，让人觉得"超级老师"的名号比"特级教师"似乎更适合她。

我们班有些同学为了搞科研经常熬通宵，所以下午语文课上打瞌睡便成了常态，刘老师不但不会指责这些"特困户"，还会从自己的书包里掏出些棒棒糖为他们醒觉。在我们看来，这样的理解通常只有朋友间才会有。我还清楚地记得前年冬天的一个早晨，我和一位男生一时兴起，课间一起下楼赏雪，一出楼门刚好和刘老师碰了个脸对脸，正着急找不出词儿解释，只见她已把手中的相机举了起来，欢乐地给我和那位男生来了个雪地合影。顿时，我们绷紧的神经一下子被她纯纯的笑容抚平了。更爽的是，那天的两节语文课竟是Miss刘带领我们全班去北海赏雪、打雪仗，天知道，她是怎么做到把我们运出戒备森严的校园的。

Miss刘看上去年轻和善，貌似是位好说话的好好先生，和我们想象中的特级老师的吹胡子瞪眼完全不是一回事。可经过两年多的接触才知，她骨子里对我们的要求和哈哈笑的表面并不是一个稿子，最厉害的一招是让"深度阅读"逐渐融入了我们的生活。

今年，刘葵老师因公出访，和我们失联数十日之久，她留下的书单子却可谓绵里藏针，我的小伙伴儿们甚至称这份作业"很暴力"：《史怀哲传》《瓦尔登湖》《社会契约论》《中国哲学简史》《卡拉马佐夫兄弟》《百年孤独》《沈从文小说选》《人性的弱点》《读文人》……要求我们按她规定的时间完成所选名著的读书笔记。为了筹集这些租子，那两个月大伙儿着实叫苦不迭。

刘葵老师与我的关系比较特殊，她既是我的语文老师，又是四中指派给我的文学导师。刘老师给我开第一次小灶是在一个秋天的午后。进到语文组办公室，她跟我说："宇乔，我想让你做一个专栏，每次语文课前向同学们介绍一首古诗。"当时我真是吃惊不小："行吗？咱们班理科生多，有人听吗？"我的担心她似乎早有准备，她狡猾地拍着我的肩膀："放心，我有绝招。"我问："什么招儿？"她笑答："就说咱期末从这里面出题考他们不就得了，我看这个专栏就叫'宇乔说诗'吧。"从此，为了这个专栏，我终日被缠在诗词曲赋里，埋头拉车。刘老师呢，怕我遇到门可罗雀的寂寞而放弃，还经常在"宇乔说诗"栏目中回应我的帖子，为我鼓劲儿。逐渐地，我越发感受到了中国古典诗词的意境之美，从起初的无法脱身，到之后的难舍难分，我因此爱上了讲课，班上的理科男们也逐渐入境，备课的辛苦反倒成了享受。

　　刘葵老师是我学术上的导师，但于我的指点却不拘泥于学术。她会冒着寒风来听我在新年音乐会上的演奏，花时间去欣赏我在电视台参加状元榜的竞赛转播。在精心为我撰写"流石文学奖"推荐词的同时，她还会发来"羡慕你有钢琴为友"的短信。刘老师的收入并不高，可她每年都会送我很精致的书。去年是《艺术：让人成为人》，今年是那套精美的《日课》。而对于我，她肯接受的只是贺卡。她总称呼我是她"年轻的朋友"。去年年初，我对化学研究产生了好感，并萌生了学理科的想法。但想着刘老师对我的文学道路寄予厚望，怕她伤心，所以一直没敢告诉她。出乎我的意料，得知真相后的刘老师并没有责怪我的"负心"，而是对此欣然接受，不仅如此，她还用"不要拘泥于特长"的评价在很多场合替我的变心美言，为我创造良好的舆论环境，支持我的选择。于我的内心，这样的师情可谓恩重如山。

　　"青青园葵，逐日择光。"这是我在刘葵老师的"英文诗歌翻译"考题"起兴"的诗句。今天，我更愿意将这样的巧合认为是一种情缘。"青青园葵"的形象，正是刘葵老师在我心目中永远的姿态。

故乡，乡村老家桂花香

文 / 匡金火

"湾里桂花香了，你回来不？"母亲打来电话，用着免提，声音远远的样子，我似乎都看到她期盼的眼神盯着手机，好像下一刻我便会从那里蹦出来。

我对着手机用力地喊："回，这个周末就回。"那头，母亲终于安心了，才故作无所谓地说："那就不说了，浪费电话钱。"然后便"啪"地挂断了电话，生怕我会反悔。有同事听到，便笑了，问："是伯母打来的吧？"我也笑，原来所有的母亲都一样。

湾里有很多桂花，一到花开的季节便是铺天盖地的香，只是祖祖辈辈生长在那里的人不觉得，就和那些青山绿水一样，就如同家里的锅碗瓢盆一样，它总在那里。时节到了，花便开了，花开了，自然就会香。

只是不知道从什么时候开始，湾里的年轻人总是往外面跑，如我，在外面读书，湾里人都喜气洋洋的，如湾里的年轻人，在外面打工，也是喜气洋洋的……可是渐渐，年轻的人们不回来了，有的时候一年回来一次，有的时候几年才回来一次。

湾里渐渐老了，人老了，物件老了，房子也老了。有年轻人回乡，盖了一栋小楼给父母住着，房子簇新，又宽又敞亮，可是就两个老人住着，便更显得寂寞，只有桂花依旧那么香。于是，老人们便聚在桂花树下一起开始想办法，怎样让孩子们多回来一趟呢？

大家聚思广益，这家说家里的孩子喜欢吃花生，那家说家里的孩子喜欢回来看风景，母亲想起我从小便喜欢这桂花，于是就盼着桂花开。花开了，她便搭上梯子一朵一朵地摘下来，做桂花糖桂花糕桂花酒桂花酱……然后坐在村口等着我回来，如果我不回，她便一次又一次地催：桂花开得香啊，桂花铺了一地，今年的桂花开得真多，桂花快谢了……直到我到家，便献宝似的摆出她自制的那一堆比蜜还甜，用桂花做的吃食。

有一次，我看到母亲竟然爬上桂花树上去捉虫，不禁有些担心，她却摆手道："没啥，我常做的，你喜欢吃桂花，不能洒农药。"又沾沾自喜地说："我和这桂花树亲啊，有了它，你一年就至少会回来三次。"一次春节，一次母亲过生日，一次便是这桂花开的时节。

其实母亲不知道，我早已不爱吃桂花，那些吃食我千里迢迢地背回来，都送给了同事和好友。但"湾里桂花香"，却是我和母亲之间的蜜语，只要母亲说了这句话，再远再苦再累，我也会收拾起行装飞回去和她一起闻桂花香。

13岁，我多了一份孝敬

文 / 翟阳

随着年龄的增大，自己所上的年级越来越高，懂得的道理越来越多，身上的责任和义务也越来越多，人在成长，一点点变得成熟，13岁的我多了一份孝敬。

从前的我，不知道体谅父母，只会给他们添乱。我在家什么也不做，不会叠被子，不洗衣服，不做饭也不洗碗……还经常为了一些小事向父母发脾气，惹父母生气。

今年，我13岁了，上初中二年级了，政治课本的前几课都是在讲怎样与家人相处，孝敬父母……老师给我们讲了很多孝敬父母的例子，我的心灵受到很大震动，感触很多。我为自己以前的无知鲁莽感到内疚，我懂得了自己该怎样做。如今，我多了一份对家的责任，多了一份对父母的孝敬。在家中，我抢着帮父母做家务，早上起床把被子叠得方方正正，屋子收拾得干干净净，然后赶紧去做饭，衣服脏了不再扔给父母，而是自己赶快洗，做到自己的事情自己干。与父母意见不同发生矛盾时，我再不会跟父母使性子，而是心平气和地与父母沟通。我学着关心父母，他们劳累不舒服时，帮他们捶背按摩，为他们送上茶水，尽自己微薄的孝心。我知道，父母最大的心愿就是孩子有出息。在学校，我努力学习，认真完成作业，遵守学校的纪律，不让父母担心，不给父母添麻烦。

孝敬父母是中华民族的传统美德，是每一个做儿女的都应该做到的。而有些人长大后不报答父母的养育之恩，甚至不赡养父母，这种人的行为是可耻的。羊羔跪乳，乌鸦反哺。天大地大，父母恩大。13岁，我从一个不懂事的孩子，成长为一个懂得孝敬的人。13岁，我多了一份孝敬。

那一刻,我的世界春暖花开

文 / 邢兆艺

即使在秋天,也会开出美丽的花。

——题记

奶奶说,一到秋天,她养的花就都蔫了。

是的,我的奶奶爱养花,她经常会忙里偷闲,用手轻轻擦拭着花上的尘土,喃喃自语。

奶奶的癖好还不止这些。

她喜欢喝豆浆,每天早上见到的第一件东西不是水就是豆浆。我真的怀疑她那胖胖的身子里装的是不是都是豆浆。每每我拒绝她的时候,她眼中都会闪过一丝悲凉:"喝了对身体好。"

也是,她六十多了,头发还依然乌黑靓丽,就可能与这些东西有关。

她还喜欢吃青菜,桌上的青菜一盘一盘,吃也吃不完,说句实话,我是真的很讨厌她的这些癖好。

到底是六十好几的人了,难免有些问题。

那一年秋天她要做一场说大不大,说小不小的手术,我们都以为她会害怕,可谁知,她却安慰我们:"没事,等我做完手术,我还要继续给我的小孙女做豆浆。"听到这里,我的鼻子一酸,泪差点下来。

手术前一天晚上，我鬼使神差地来到她的床边。

她到底是老了，满头的黑发中夹杂着几根银丝，脸上都是岁月留给她的"纪念"。她微胖的身躯随着鼾声一起一伏，显得安详极了。

我刚想离开，哪知她开始说起了梦话："小孙女，你喜欢花，奶奶给你种花。"虽然我已经十几岁了，可奶奶还是叫我小孙女。听完，我已泣不成声。

奶奶的手术很顺利，我到病房看她。麻醉的劲儿还没过去，不知不觉，我也在她旁边睡了。

奶奶醒来后，我忙去看她，她看到我，想要坐起来，大概是扯着了伤口，她的表情痛苦起来，我忙安抚她。她看着我说："小孙女，渴了吧，奶奶给你磨豆浆去吧。"我听到了一种来自心底里的声音，我握住她的手："这次，让我给您磨豆浆！"

我知道，那声音，是一朵秋天的花绽放的声音。

还有多少爱可以重来

文 / 田原宁

英国有位哲学家曾说过:"失去的才是最珍贵的。"

——题记

风儿吹不乱记忆的梦,泪水洗不去心中的悔,多少次痛恨自己,一切却无法挽回。时光老人无情地带走了我心中的悔,却带不走我心中的痛。

不知时间为何过得这么快,姥爷去世快半年了。但生活中的点点滴滴却一直萦绕心头。

从小到大,就数姥爷最疼我,在我几个月大时,爸爸妈妈忙着上班没时间管我,他就来照顾我,每天都是等爸爸妈妈下班后,他再拖着疲惫不堪的身子,回到舅舅家。

一直等我上小学,本以为他能有许多休息的时间了,可他不放心把我一个"扔"在学校里,每天抽空去送我,等我放学了,他就接我回家。我一直享受着他对我那无微不至的爱,并且早已成习惯。

慢慢的,我进入了中学时代,时间紧迫了,因而很少抽空去姥爷家看他。可他时不时地打来电话,叫我注意休息,多吃蔬菜水果,多喝水,并让我适当运动,还说他想我了,让我去看看他。而我呢,总是不拿姥爷的话当回事,每次倒是在电话里胡乱地应承一下就把电话挂掉了。

有一次，我正思考一道题，刚有些思路就又被姥爷的电话打断了，所以我有些不耐烦地对他说："我学习忙，作业多，现在没时间去看您，等到放'十一'假再去。嗯……我先挂了啊。"可谁知，这竟是我们最后一次通话。

那天下午放学过后，听爸爸说姥爷原来准备住院，却又没住院，问我去不去看他。我高兴极了，嚷嚷着去看看他。等到了姥爷家，当我见到他躺在床上，戴着氧气罩艰难地呼吸时，我一下子惊呆了。屋中虽有很多人聚集，却十分安静，我哭着扑过去，后悔自己为何不多去看看姥爷，毕竟他已经是七十多岁的老人了呀！为什么我将他对我说的关心话认为是唠叨？为什么我没有早些理解姥爷的心思？为什么为什么？可是没有人回答我。

过了一段时间，我才知道姥爷去世是因为他得了肺癌，不治之症啊！

现在，我要向天下的儿女们说："要珍惜身边的爱，不要等到失去了才珍惜。"

有些事儿，错过了就是永远；有些人，一转身就是一辈子。请不要忽略任何爱，因为毕竟，有多少爱可以从头再来呢？

子欲养而亲不在，树欲静而风不止。

——后记

你是最美的风景

——写给我心目中的好老师

文 / 张倩

在我童年的记忆里，
你是我最可亲的人。
在我明亮的眸子里，
你是我最信任的朋友。
在美丽的校园里，
你是我心中最美的风景。

在清脆的铃声里，
有你甜美的笑容。
在小小的讲台上，
有你最美的身影。
在温馨的小屋里，
你依旧是我心中最美的风景。

在这最美的风景里，
流淌着美妙的故事。

那是我最温馨的记忆,
几多教诲,几多叮咛,
智慧的海洋是你在浪花点缀;
几多辛酸,几多甜蜜,
秋收的果园是你让他们陶醉!

你是我心中最美的风景
我要把最美的花环献给你
让所有的美丽
都属于你——
我心目中的好老师

母爱的力量

文 / 周其运

有一种情怀永远的那样无私伟岸,远离了喧嚣的阻隔,远离了尘埃的纷扰,留下一份纯净与清宁。

或许很平凡,也许很简单,却在简单的传递中承载着生命情感真谛的温暖。有时候,一直以为自己存在于孤独寂寞中,于是感伤惆怅,像一张无形的大网,无法回避,不能逃脱。于是,追逐的步伐一路跋山涉水,不断地寻找奔跑,只为求得生命的超脱。

可是,当生命在不断倒空沉淀后,暮然回首间,笙歌散尽,一切的热闹归于沉寂,才真正发现已然在不觉间迷失得太远,错过了太多。

与自己失之交臂的最让人心痛之所在恰恰不是永远无法得到的那些外在的形式,而是曾经就那样近距离地陪伴身边,不离左右,可是却被无止境的冷漠忽视,终究有一天,一切都不在,留下的只有无尽的酸楚与心痛。

彭学明的《娘》用细腻的笔触直击心田,力透纸背,在朴实无华中用饱含真情的情调追忆回思着一个伟大的母亲,这种伟大源自一种永恒的高尚情怀与信念,所以不为惭愧的现实所曲折,不为艰难的宿命所左右,始终如一地保持着那个恒久的信念支点。

这诚然是一种巨大的力量,但这种动力源自内心深处澎湃不息的亲情爱怜,这种爱的给予者都有一个共同的名字叫母亲。

偶 遇

文 / 戚昊苏

放暑假的一天上午10点左右,带儿子去小区附近的苏果买东西,顺便让儿子在超市里的书店看看书。

坐电梯下楼的时候,儿子又踮着脚拿起电梯里的电话假装拨号码,对着话筒用清脆的童音:"喂喂,我被关在电梯里了,快来。"不知道这是孩子纯真的天性还是调皮好玩,每次都是这样,说了也没用。看着他这么开心,反正也没有拨号码,也就和他一起笑笑,这可能是他的娱乐方式吧。

刚走出单元防盗门,就听到了音乐声,直觉判断这是萨克斯吹出来的。于是拉着儿子的手寻声找去,绕过冬青丛,看见一个凉亭里,一位六十多岁的老者坐在石凳上,拿着一把萨克斯投入地吹着。老者的面容从容淡定,微闭着眼,沉浸在音乐的旋律里,仿佛周围的一切都不存在了。我和儿子静静地站着听,一曲终了,我和儿子为他鼓掌,老者看到了他的听众,微笑着和我们打招呼。

我说:"儿子开学上一年级是管乐班,也学的萨克斯,听到您吹就过来听听,您吹得蛮好的。"

"我小时候喜欢萨克斯,只是那时萨克斯很贵,也就没有学,现在才把过去的喜好拾起。"老者说着,眼睛看向远方,好像回到过去的时光。

"您学了多长时间，吹得这么好。"我想知道学多长时间可以达到这样的境界。

"我没有学，自己喜欢就自己琢磨的。"

儿子说："爷爷，我家也有一个和你一模一样的萨克斯，可是我没有吹响。"

老者听完就让儿子走近些，演示给儿子看，还把萨克斯拆开教儿子重新安装。老者又重新吹了一曲，儿子认真地听着并看着他的手指的操作。一曲吹完，老者问："小朋友，你听出这是什么音乐吗？"儿子笑着摇摇头。"这是我在上幼儿园时听的歌曲，一转眼都四五十年了。"老者感慨地说着。原来这首音乐是吹给儿子听的，老者在缅怀他曾经的童年的生活。我心中很是佩服他的记忆力，也佩服老人家那份执著，对自己喜好的执著，找到自己喜欢的事，并认真地去行动，不在乎时间的早晚，不在乎年龄的大小，就为内心的那份喜悦。也很佩服他能自己摸索着并能这么专业地做好这件事，这也给我一个启示：认真做自己喜欢的事，终会有所收获，最大的收获是内心的宁静、快乐。

感谢这位老者！

被遗忘的长亭

文 / 杨睿泠

我们学校里有一个被遗忘的地方——长亭。

也许是学业太过繁重，这里才被人遗忘。

长亭不知被遗忘了多少个春秋，看上去有些破旧。但在阳光下它依然是那样的典雅，让我感觉有种无与伦比的美丽。

我刚来学校时，是和爸爸妈妈一起来的。我们在长亭里坐下，看着长亭，觉得这里好安静，有一种说不出的美感。一根根柱子上的红漆已脱落了不少，但它仿佛有智慧，落漆的地方一点儿也不显眼。横梁上画有古色古香的花，每一朵都栩栩如生。湖面静得出奇，唯独的一朵荷花在湖里一枝独秀，微风拂过湖面，泛起波纹，为那朵因风摇曳的荷花做着伴舞。

可这，一眨眼就过去了。我的爸爸妈妈离开我回到西藏，我也很长时间没有去过长亭。不过，偶尔路过，我还是要看它几眼的。那里虽然没有人，但依然美丽。

我和爸爸妈妈就是在那里分别的，我不愿想那些离别的伤心往事，不愿触情生情，所以就不再去长亭。有一次，因为太想念爸爸妈妈了，我还是禁不住来到长亭。谁知刚走进长亭，我脑海里便出现了和爸爸妈妈分别时的情形，顿时，泪水泉涌而下。我抑制不住内心思念爸爸妈妈的伤痛，转身冲出长亭……

渐渐地，破旧的长亭似乎又被我遗忘了。

一次课间休息，我无意间又来到长亭。父母的影子瞬间从我脑海闪过，就在那一刻，我冲上去想抓住他们。但是，除了空气从我手中划过，我什么也没抓到。唉！只是幻想罢了。但幻想却又那样真实，好像就在刚才，就在此刻，父母站在那里。我有些失望，没有父母在身边的日子该多么难捱，该如何是好？我再一次泪如雨下，泪珠轻轻打在湖面上，荡起涟漪。

我止住热泪，湖面平静下来。

但我的心里却下起了大雨，平常保护我的那两把大伞已离我而去，现在谁又能为我的心遮风挡雨呢？

再后来，我终于想明白了：我已经是一个大孩子了，爸爸妈妈不可能一直守护着我。也许只有自己才能重新撑一把伞来为自己遮风挡雨。

此后，我每天都会在课间来长亭走走，时而痛痛快快哭一场，时而敞开胸怀笑一笑。长亭静静地倾听我的心声，长亭是我唯一能够倾诉的地方，也是唯一能专心倾听我心声的"知己"。隐约中，我觉得我以后的路也会像这个长亭。

哦，学校的长亭，我心中的长亭。

父亲的箴言

文 / 张以进

　　张秋云十八岁那年，有过很多很多的梦想。他想当一名作家，出版自己的作品；他想当一名教师，业余时间写诗作画；他更想当一名编剧，创作令人瞩目的电影剧本。可这一切，都因为高考失利而变得遥不可及。更让张秋云心灰意冷地是，得知他高考落榜，父亲冷冷地说："叔叔是泥水匠，你就跟他去学手艺吧。"

　　父亲的话伤透了张秋云的心。说实话，从小学到高中，张秋云的读书成绩都很不错，很多老师和亲朋好友，都夸他将来有出息。可在那千军万马参加高考挤独木桥的年代，张秋云离上线差了二十多分。班主任老师说他的成绩挺不错，复习一年再考，应该能考上。张秋云把高考成绩告诉父亲的同时，也把班主任的话说了一遍，可父亲却阴沉着脸色，过了好久才嘣出了一句让他去学泥水匠的话。

　　听完父亲的话，张秋云跑到二楼的小书房，关紧房门嚎啕大哭。学泥水匠，他就会像那些初中没毕业的家乡小伙一样，靠一双手打工去闯天下了；他再也没有机会靠读书改变自己的命运了。哭着想着，张秋云确实不甘心。吃晚饭的时候，张秋云再次向父亲提出明年去复习，如果没钱，借来的钱他可以自己去还。其实，张秋云心里清楚，下半年大哥要娶嫂子，这钱稍微省一点，他就能去复习了。可父亲听后摇了摇头，说不会改变决定。

父亲的冷漠让张秋云感到非常意外。从小到大,在三兄弟中,父亲都是最疼他的,不仅在生活上关心他,经常给他塞上几块零花钱;对他的学习成绩也很关心,经常会过问他的考试成绩。张秋云想,自己高考失败对父亲肯定是个沉重地打击,可父亲也不应该就这样让他告别读书生涯啊。

为了改变父亲的想法,张秋云悄悄地给班主任老师打了电话。班主任得知情况后,很快来到他家。父亲对班主任的到来很感意外。不过,父亲很快捉摸出老师的意图。父亲先是说家里比较困难,实在没办法让张秋云再去复习;后来又说即使参加复习了,第二年也不一定能考上。一席话说得班主任很尴尬。张秋云在楼上偷听他们谈话,既气又恨,眼泪又不争气地流了下来。

半个月后,父亲特意把叔叔请了过来,让张秋云向叔叔敬酒拜师,望着父亲买给他的那只工具包,想到自己将要告别读书生涯,与平常的打工青年一样闯荡江湖,张秋云没有一丝一毫地欣喜。只是机械地听从父亲的吩咐,给叔叔敬了酒拜了师傅。看张秋云不太好的脸色,父亲也没有多说,直到叔叔快走时,父亲边吸旱烟边说:"我知道这样委屈你,可过几年你会明白的。不过,爸爸告诉你一句话,什么时候你都不要忘记:你无法改变世界,却可以改变你自己。"

张秋云没有回答父亲,做出影响他前途命运的事情,张秋云觉得任何理由都是多余的。可父亲的那句话,却让他在床上翻来覆去想了很长很长时间。

张秋云很快就跟叔叔走出了山村,天南海北地找建筑工地干活。也许张秋云爱好文学的缘故,无论走到那里,空余时间,他总是不忘地看书学习,顺便也写点文章。奇怪的是,叔叔对张秋云也不是很严厉,因此,他的手艺也没什么大的长进。

第二年,张秋云在一座城市打工,千里之外的父亲从家乡打电话过

来，说母亲病重去世，叔叔给了张秋云一笔钱，让他赶紧回家。在送张秋云上火车的路上，叔叔语重心长地对张秋云说："千万不要责怪你爸爸，否则你会后悔的。"听到叔叔话里有话，张秋云哽咽着问叔叔为什么？叔叔告诉他说，其实他爸爸很想让他再去读书，可家中确实没什么钱了。如果再传出母亲生病，大哥的媳妇怕也娶不成了。叔叔说："我觉得你父亲那句话最中听：你无法改变世界，却可以改变你自己。"

在回家的火车上，张秋云再次细细回味父亲的那句话，终于明白到父亲的苦心。其实，父亲可以让张秋云留在家乡帮他支撑那个即将破碎的家，可父亲却依然自己挑起那副沉重的担子，为的是让张秋云能走出去接受更多的磨练。

回家送走母亲后，张秋云又和父亲进行了一次彻夜长谈，张秋云终于了解到父亲的苦：母亲生病，大哥娶媳妇，家中早已借了不少钱，可父亲却不能流露出半分情绪，为的是让张秋云自己能坚强自立。

外出打工这段经历，让张秋云对人生理解了很多很多。再次外出，张秋云跟在叔叔后面潜心学习手艺，不久被一家建筑公司看中。几年后，张秋云先后通过自学拿到了大专和本科文凭，成为土木工程师，在公司里确立了自己的地位。文学创作方面，张秋云也出版了自己的小说散文集，努力拼搏的他终于事业有成。

"你改变不了世界，却可以改变自己。"父亲的箴言一直激励着张秋云。可张秋云始终不明白，作为一个普通的农民父亲，竟然会说出那样一句改变他一生的至理名言。可有一天，当张秋云回到老家，看到白发苍苍的八旬父亲，手中依然拿着画笔，一笔一画在学习国画创作的时候，他终于明白，父亲的箴言是发自内心最真切的感受。

发短信的女人

文 / 夏木

妈妈是个跟不上社会发展步伐的妈妈，不会使用手机这个早已流行于世的现代通信工具。我是个心比较野的女儿，从上个大学执意离家千里之外就可以看出来。上大学之后，我把旧手机放在家里，反复教她打电话，她勉强学会，只是不会发短信。我倒也没想过要教她，发短信费事费时，不如电话来得容易。对于妈妈，会打个电话方便家里人相互联系就够了。

节假日期间朋友过来游玩。傍晚的时候，我们在繁华的街头流连。突然注意到家里的短信：你吃饭了吗？本以为是妹妹，打过去之后发现竟然是妈妈发的。她腼腆地笑着说她让妹妹教着发短信给我。知道了有朋友在我这边后，又高兴地让我们玩得开心，然后匆匆挂了电话，怕影响我们的行路。

我一直认为，这个世界上最爱我的人就是这个女人。这个甚至连打个电话都要拿着手机摸索好久的传统妇女，学会了发短信，而且她这辈子发的第一条短信是发给我这个女儿。我可以想象她认真地看着手机键盘，听着妹妹不知道清楚与否的讲解时的迷惑与期待，想象她早已不再纤细的手指笨拙地一个一个按着小小的按钮，反复修改、删减，最终成为"你吃饭了吗"这样一句简单质朴的问候。

当然，我最爱的也是她，这个完全不懂现代通讯工具，却为了给我致信而难为自己的女人。谁都替代不了。

嘿，小家伙，说真的，我很高兴遇见你

文 / 小白菜

男孩13岁，在杭州二小读三年级。周一，本该上学的日子。他却早早的、十点多就背着书包回来，理直气壮地向望江水果店的老板娘报告："我没有逃课。我身体不舒服，头痛加头晕，请假回来的。"

望江水果店的老板娘压根儿不是男孩的母亲。只不过两家人都在计量学院生活区里住着，抬头不见低头见，渐渐熟络起来，一见他回来便"小鬼""小鬼"地叫着："你又逃课了？"

小鬼的父亲是保安，忙，没时间陪着他。他也就由着性子野，两点多顶着大太阳出来溜达，兜兜转转，又跑来水果店。这一次，他十分自来熟地蹲在我身边，耷拉着脑袋看我写字，末了，明知故问地来了一句："你在干吗呢？"

我心虚，毕竟是在水果店前卖饮料的，便连忙把笔和纸收拾好，站起来自找台阶："写字呀。对了，你要不要喝饮料？我给你倒一杯喝喝吧？"他点头，笑了笑，接过一次性杯子，咕噜一声喝了起来。小家伙喝得猴急，没两下就把空杯子递给我，一声不吭地傻乐。

"还要？那再给你满上吧。"就这样，他喝完了三杯后学我盘着腿席地而坐，在太阳底下同我聊天。

"+C 是什么意思？"

"添加维生素 C 的意思。"

"你能背出饮料的全称吗？"

"怡泉 +C 柠檬味汽水。"

"多少钱 1 瓶？"

"4 块钱。"

"为什么前面也有人在卖这种汽水？"

"因为它是新产品，需要促销推广。这跟电视广告一样，一般需要重复播了 7 遍才能让观众记住。这条路一共有 3 个摊位，学生走一次就能看到 3 遍，加深印象。懂吗？"

……

有一搭没一搭地聊了半会儿天后，小家伙突然站起来，匆匆忙忙丢给我"饮料喝多了，我先回去上厕所"这么一句话就跑了。回来的时候，他不再走路，而是踩着滑板倏地一下就来了，停在我摊前，极不害臊地命令我："再来一杯饮料，我只喝不买。"

小学生的时代，口袋里是极少有零钱的。反正试喝不用钱，我便摸了摸他的小脑袋："好啦，给你倒杯满满的。"当然，我也是极其不害臊地要他教我玩滑板："嘿，你教我玩这个，行不？"

倒是个大方的孩子，他一听，便从滑板上下来，让我扶着他踩上去："你左脚先踩上去，然后再是右脚。左右脚按不同方向抖就行了。"

不知是人老了手脚不灵活，还是怎么的，我压着他的小身子颤颤巍巍踩上去后，滑板没丁点儿动静："为什么我滑不动？"

他倒不客气："你都过了学这个的年纪啦！当然学不会！而且，你好重啊！压得我肩膀疼！你 60kg？"

"没有好不好！我哪有那么重！"

"可是你真的很重啊！我都感觉我的滑板快要散了。"

"哪有!"

嗯,他总是"你""你""你"地叫我,没喊我姐姐,也没叫我阿姨。而我,也不知道他名字,就那么"嘿""嘿""嘿"地召唤他。

后来,他又要回家上厕所了,毕竟我倒给消费者试喝的8瓶饮料中,有2瓶被他消灭了。第三次来的时候,他还踩着他的风火轮,却炫耀般地高举着他手里新带来的小玩意儿——陀螺:"你会玩这个吗?"问完之后,他竟自个儿停下来倒饮料。

"陀螺?我小时候玩过。谁给你买的呀?"

"我爸给我买的。很坚固,有一次它从二楼掉下来都没摔坏。"

"哦,这样啊。还要饮料吗?我给你满上。"

他摸了摸肚子:"够了,饱了。"

不出所料,后来,他又踩着滑板回去上厕所了。走的时候,他留下陀螺让我玩。等他回来的时候已经是下午4点半。不知为何,这次轮到我想先同他说话:"嘿,已经4点半了,我待会儿5点就下班。你还要饮料吗?要的话赶紧喝,不然我走了,你就没得喝了哦。"

"不喝了。"他反常得不太说话了,耷拉着脑袋坐在地上。

我莫名地觉得离别前要给他点小礼物,便没话找话说:"嘿,你吃水果吗?我给你买去。"他摇头。

"雪糕呢?我可喜欢吃雪糕呢。"他依旧摇头。

"你很喜欢喝饮料?"他一听,终于开口了,"嗯,很喜欢!很喜欢的!你的饮料太贵了,要是1瓶1元的话,我就买。"

"嗯,喜欢归喜欢。饮料还是少喝点儿好,对身体好。我比较喜欢喝白开水。走吧,咱们买牛奶去。"他倒懂事,连连摆手说不用。

我没听他话,还是进了水果店,向老板娘要了两罐旺仔牛奶和两根吸管,出来的时候,一瓶给他,一瓶给自己:"喝吧。喝牛奶总比喝这种饮料好。"就这样,离别之前,我同他盘着腿,席地而坐,彼此吸溜着不说话。

"嘿,你知道吗?晚上督导叫我把试喝的瓶数报给他的时候,俺有点心虚。你说水果店的老板娘会不会向他打报告说有两瓶其实是同一个人喝的?"

"嘿,我真的没有60kg,我最胖的时候都没有哦。"

"嘿,以后喝罐装饮料时,记得要学我把瓶盖擦一擦哦。而且,你记得吃东西前要洗洗手,它实在太脏了。"

"嘿,小家伙,说真的,我很高兴遇见你。"

鬼马狂想曲

楼妈斗懒猫

文 / 张佳羽

黎春娟午休后,赖在床上,没有按时上课。楼妈敲着床架吼:"几点啦,还有没有上课的概念,都不怕睡成脑缺氧?"

黎春娟微睁双眼:"哎呀楼妈,不是我不起床,是我的被子生病了,我要在床上照顾它。"

楼妈先是没反应过来,接着涨红了脸:"你的被子生病了,得的什么病啊?"

"软骨病。"黎春娟揉揉眼睛,用胳膊肘儿顶了顶被头,"您没看到吗,掀都掀不起来。"

楼妈火气上蹿,又敲了几下床架,色厉内荏地问:"病了多长时间了?"

黎春娟不紧张,抹抹嘴角的哈喇丝,不紧不慢地回答:"这,不劳楼妈操心,它病情很稳定。"

楼妈又气又好笑,骂不得,打不得,攥紧的手又松了力:"这样吧,把它抱到校医室,让校医检查检查,免得小病拖大,大病拖瞎,你还不悔死了!"

黎春娟摆摆手:"此话差矣!楼妈,说起来,"狼狼饿狗"(tong long ago),那是一个新生入校的日子,我抱着它,来到了这里。你站在楼下吼:沙夫,哇夫。我不理解,跑错了楼层,绊了一跤,从此被子就患上了久治不愈的怪病。"

楼妈眉头皱成一疙瘩:"我为什么要说'沙夫''哇夫'?我说过吗,我怎么不晓得?"

"你说过的。"黎春娟把自己翻过来,肚子贴在床上。"你的意思是,四楼、五楼是女生宿舍。说话太急,把4F、5F说成了沙夫、哇夫。当时呢,你很凶的样子,我们不敢多问。"

楼妈脸微微红,头低了低:"对不起,出了这种事,到现在才知道。你以后一定要纠正我吐字不清的问题。"

黎春娟高兴起来:"好吧。早就该纠正了呢!"

楼妈脸上风云变幻,一季青,一季红。她又"梆梆梆"地敲床架:"我们要互相纠正。现在,我必须纠正你赖床的问题。起来!一分钟也不行,就现在。"

黎春娟骇了一下。这楼妈,说变脸就变脸,我头一次赖床,你就不依不饶。我是查了课表又探实消息的,今天主课老师赶巧都不在,下午全是副课。我都不急,你着哪门子急呀?她眼皮翻了翻楼妈,表示不满。

楼妈伸手拉她胸前被角。

黎春娟忙阻挡:"喂,你要干吗!"

楼妈松开她胸前被角,目光盯向另一端,用棍儿挑她脚下的被角。

黎春娟又叫:"楼妈楼妈,看不出来呀,您的窥癖好重哟!"

楼妈怎么做她都有理由。这可难住了楼妈。难道今天就治不了你这个小黄毛丫头?她想了想,叹口气:"好吧,你继续,我没办法了。祝你做个愉快的白日梦。"

黎春娟以为自己斗败了楼妈,好不开心。身子一辘轳,滚进软和的被窝里,蒙上眼睛,旁无顾忌地呼呼大睡起来。

刚进入梦纱,楼道哨声大作,楼妈着急慌忙地喊:"起火啦!有人吗？快逃！"

　　黎春娟呼地坐起来，"我的个妈呀，这不要命嘛！"她十分机灵地抱起床上凌乱的衣服，两步就蹿出门外。

　　楼道里只有楼妈。她有些蒙，东瞅西瞅。

　　楼妈笑得直不起腰："黎春娟，马上给我穿上衣服到教室去，不然，我可要给你身上泼凉水了。"

　　黎春娟定睛一看，楼妈手里端着一瓢冷森森的水，晃晃漾漾的，瓢口斜向自己。

　　她有些迟疑不决。楼妈喊："一！二！……"

　　黎春娟利索地穿上衣服："别喊'三'了，饶一回，饶一回。我上课去！"

假如我是李白

文 / 孙茂硕

白袍黄面，郊荒岛瘦，虽无大将之气度，但颇有豪杰之风范。你可能会问了这么一个风流倜傥的才子是何许人也？哈哈，正是在下——李白是也。

鄙人平生素爱饮酒，曾在醉意朦胧中写下许多壮丽诗篇，被后世传颂，因此便有了"诗仙"的名号。可又有几人能够反复推敲我诗中的意蕴，仔细斟酌我注入诗中的情意呢？

"人生得一知己，足矣。"如果我有一个知己，能与我敞开心扉，互诉心事，我怎能"对酒当歌"，叹"人生几何"，我又何尝不知"借酒消愁愁更愁"这个道理，只能将一番壮志托付明月，让它随风飘散。

如今我已是不惑之年，虽无妻儿、府邸，倒也乐得自在。对我来说，"天为被，地为席"，何处是家，四海为家。本来我也应该有一官半职，只因为一次醉酒后，让高力士脱靴。唉！我本无心之失，怎奈他怀恨在心，只因一句诗，非说什么我把杨贵妃娘娘比作祸水赵飞燕，引得皇上大怒。一句"可怜飞燕倚新妆"便毁了我的大好前途。

"天生我材必有用，千金散尽还复来。"我带着一股洒脱，和怀才不遇的怨恨，离开了皇宫。从此我便悟出了"唯女子与小人难养也"的真正含义。

离开也好，无官一身轻。这使我多了些时间去游览名胜古迹，风景的秀美使我忘却了所有的烦恼，醉心在大自然中，更激发了我的许多灵感，我又创作了一系列的诗词歌赋。

这就是我——大诗人李白的一生。我虽醉于诗书，但何时才能读懂"宁静致远"的含义，只能漫步在凡尘烟火中吧！

蜗牛的理想

文 / 贾新元

> 即使没有人为我加油喝彩,我也要背着自己重重的壳,一步一步地朝着梦想前进,谁也阻挡不了我前进的脚步!
>
> ——题记

蜗牛与黄鹂鸟

在我们班,有这么一个人:他静静地坐在教室最后一排的角落里,沉默寡言,成绩极差,存在感几乎为零。若不是老师把他调到我的旁边,恐怕等到毕业我还不知道他的存在。我,是老师眼中的好学生,同学中的好榜样,父母眼中的好孩子,从小就被众多的赞美和荣誉笼罩着,像一只乖巧听话的黄鹂鸟。而他,是老师眼中的差生,做什么事都慢一拍,跟我是一个天上一个地下,好似那只慢吞吞的蜗牛。就这样,我们在同一张课桌上开始了一次奇特的心路旅程。

一棵葡萄树正在发芽

我生性活泼好动,总是能和班里的同学打成一片,唯独他。无论我怎么对待他,他的反应仍是那样:坐在那里,不悲不喜,不言不语。我们的相处模式就是我问一句，他答一句，每次都把我憋得难受。有一次，我闲得无聊，问他："喂，你平时怎么不说话呀？"他淡淡地说："我只想好好学习，让老师和同学对我刮目相看。""哟，看不出来你话不多，志向不小，那祝你美梦成真喽！"我不置可否地笑了笑，也没放心上。可是从那以后，我对他的看法渐渐改变了。虽然他的成绩不好，但他足够努力，每次老师布置的作业，他总会一题一题地认真完成，有时竟会为思考一道题直至深夜……

我要背着那重重的壳,一步一步地往上爬

我被他感动了,确确实实地感动了。作为同桌,他的努力我都看在眼里,记在心里。当成绩单出来时,我却看到他的名字仍在最后几行,我叹了口气。他付出了,但却没有回报,老天为什么这么不公平呢?回到座位,我疑惑不解地问道:"你为什么还要这么努力?你明明知道……"我欲言又止。他却认真地看着我,一字一句地说道:"努力了,才不会后悔。即使没有人为我加油喝彩,我也要背着自己重重的壳,一步一步慢慢地蠕动,朝着自己的理想前进,没有什么能够阻挡我前进的脚步!"

我衷心地希望,他可以实现自己的理想,爬上那棵他期望已久的葡萄树。

谁说蜗牛没有理想?只要敢想、敢做,沙砾也可以变成钻石。

假如我们长了鲨鱼牙

文 / 马旻萱

昨天晚饭前,我突然感觉牙齿不舒服,就跑到卫生间的镜子前,对着镜子中的蛀牙看来看去。啊呀!那颗牙有一个黑黑的大洞,难看至极!而且,它还时不时又酸又痛!好难过!心想:"它什么时候才能换掉呢?!"

从卫生间出来,坐在餐桌边,我一边吃晚饭一边看着我最喜欢的电视节目——《希望英语》。这一期正好介绍大白鲨,它的牙齿可以每个月换一次!太神奇了!看到这里,我心中冒出了一个想法:假如人被注入了鲨鱼的基因,让人的牙齿也能每个月换一次,那该多好呀!这样不爱刷牙的小孩儿就不必担心长虫牙了,他们可以尽情地吃美味的糖果喽!如果哪位淘气的小孩儿不小心摔掉了门牙,也不用担心留下永远的"豁口",因为一个月之后就有新牙长出来了!老爷爷、老奶奶也可以想吃什么就吃什么,再也不担心牙掉光的事了。我妈妈也需要这种牙齿,因为她喜欢吃瓜子,有了"瓜子牙",但是她很注意自己的形象,如果她每月都能换一次新牙不就更漂亮了吗!真要是能这样该多好呀!

牙医也许会不高兴,因为他可能要失业了。没关系,我给他找了另一份有意思的工作——给牙齿做美容!万一他的技术不好也不要紧,反正不久会有新牙长出来的!哈哈!

不要说我异想天开!我知道水稻之父袁隆平采用杂交技术培育出杂

交水稻，使水稻的产量大大增加；生物遗传学家维尔穆特让这个世界上出现了克隆羊，医生还让小老鼠背上长上了人的耳朵！……人类真是太聪明了！科技的发展太迅速了，让人叹为观止！说不定哪一天科学家就能让人类的牙齿像鲨鱼的一样！没有做不到，只有想不到，一切皆有可能！

我是一张一元的钞票

文 / 谢泓仪

自从来到这个世界上，
我就无时无刻不受到同伴的嘲笑。
就像个站在巨人堆里的小矮人儿，
如此渺小，如此微不足道。

我总是被揉皱后随手一丢，
而他们却整整齐齐地住进了保险箱。
我是多么向往那样的生活，
多么希望能和他们一样。

那天我被投进了捐款箱，
默默无闻地躺在木板上。
当我被地震灾区的孤儿捧在手上，
我看到了他眼里感激的目光。
就在那一瞬间，
我似乎明白了那目光的分量……

其实我和百元钞票一样，
一样能给予他人温暖。
虽然我很小，很小，
可是我的作用一样很重要！

生命绽放的炫美

文 / 辛宇

等待着，等待着，等待生命中最美丽的绽放。

——题记

"森林要举办一场大赛，选出新一届的昆虫仙子！"大树爷爷说道。昆虫姐妹们争先恐后地挤上前报名。"我也好想成为昆虫仙子啊！"我想。我小心翼翼地凑上去，恭恭敬敬地问："请问我能参加吗？"看着丑陋的我，昆虫们笑开了。依米（一只蜜蜂）嘲讽地说："你看你，长成这个丑样子，也赶来参加比赛，哼！""就是，你还是回家照照镜子再来吧！""好了，你叫什么名字？"大树爷爷不耐烦地说。"我叫思梦。"

我没有理会别人的态度，因为我坚信终有一天，我会成为花丛中最美丽的蝴蝶！为了这个梦想，我努力着。

终于有一天，我醒来，发现我开始蜕皮了！我很兴奋也很害怕，我可能会有一双翅膀，变成一只美丽的蝴蝶，然而如果我忍受不了蜕皮的痛苦，我将永远看不到这个世界里的一切了。可是我没有犹豫，我选择了蜕变，尽管我知道这很痛苦，但是为了心中的梦，我选择了坚持。我使出浑身解数，只为了心中的梦，蜕变为一只会翩翩起舞的蝴蝶，即使头破血流，为了那个永远不变的信念，也永不言弃。

每蜕去一寸，钻心的痛都使我昏死过去，一次一次的，我几乎想到了放弃，可是总有一只蝴蝶的身影在我心中飞舞。于是，我想起了我的梦想，我坚持着，直到我再一次昏厥……

终于，我开始了最为关键的一次蜕变。成功，我将实现梦想；失败，我将失去生命。所以今天我必将面临生死一搏，我坚持着，挣扎着，拼命地突破那最后的屏障。只有突破了它，我才能拥抱蓝天，才能拥有彩翅，才有可能成为花之仙子。可那疼痛，如在刀山上行走，每动一下，就会令我昏厥。经过无数次的挣扎，我已经失去了知觉，难道我就要死了吗……不，不要，我不要放弃，我一定要坚持……当我再次醒来的时候，我看到了自己的翅膀……

此刻，我要说："为了生命中最美丽的绽放，即使是付出生命的代价又何妨？"

选拔赛如期而至，森林里最有分量的蜜蜂，迫不及待地展开了它透明晶莹的翅膀，亮出了它黄色的外衣，"看了我的黄色'夹克'，羡慕吗？这是我最幸福的颜色！"螳螂也迎上来，亮出了它绿色的外衣，它笑着说："因为有了我的点缀，才有了森林的幸福。"

"下一个，思梦。""哇！"大家眼睛为之一亮。"枯叶蛱蝶，这是枯叶蛱蝶呀！"我在植物姐妹的掌声中，带着两行热泪迈上了成功的舞台……

给圣诞老人的一封信

文 / 蒋馨荷

敬爱的圣诞老人爷爷：

您好吗？

一年了，我等待了一年，等待您来实现我的圣诞愿望。

今年，我长大了许多，所以我不奢望您会实现我多少愿望。我的愿望，很简单。

老爷爷，您知道吗？最近，地球妈妈身体不大好，老是咳嗽，所以日本死了那么多人。

环境破坏已经使地球妈妈不堪重负了，然而，她的子女依然执迷不悟。人们为了追求所谓的利益、享受，不顾一切地拿所有东西当赌注，甚至不惜牺牲地球妈妈的健康。

地球妈妈为我们营造了如此美好、温馨的家园，让我们在碧水蓝天中生活，可人类却越来越不能满足于如此种种，当严寒酷暑使人类难以忍受时，人们为了自己一时舒畅便纷纷打开空调，殊不知这要给地球妈妈带来多大的伤害。

温室效应，土地沙漠化，自然灾害频繁等，这一切，都是地球妈妈向我们亮出的红色警示牌，可人们仍然熟视无睹……

亲爱的圣诞老人爷爷，我的愿望，便是让人类马上觉醒，并立刻行动起来，为地球妈妈疗伤养病，让地球妈妈恢复原有的风姿。

还有，我听说南极上空有个洞，它危害可大了，您能请人帮忙补上它吗？

这就是我的愿望，很简单。可是您却没有来，我真想揪着您白花花的胡子质问您为何翘班？可是我连您的影儿都没看见，您究竟去哪儿了？连一个让我问您的机会都不给。

哦！我突然想起，今年没下大雪，您不能坐雪橇，所以没来，对吗？

祝您身体健康，越活越年轻！
此致
敬礼

一个有愿望的小孩

星球大会

文 / 王振媛

"太阳大哥,您看看我这皮肤——""你别总看她,快看看我的皮肤啊!"月亮姐姐的话还未说完,就被火星大哥抢去了。"是啊,是啊,您看看我都病成了这样,咳咳——""嗯!""对啊!我们都病了。"别的星球也七嘴八舌地说起来了,你问他们在干啥,在说什么,就听我慢慢给你们道来。

原来,他们在开20年一届的星球大会,以往的大会都圆满地举行完了,所有的问题都迎刃而解。而这回却不同了,因为所有的星星都在状告一个星球,而且问题都是同一个,这个星球不知是因为觉得对不起所有的星球而愧疚万分没脸出现呢,还是别的原因,我们无从得知。哦!你猜对了,这个星球正是我们的家园——"地球"。

"停,别说了,我知道地球老弟对不起你们,可你们总是责怪他,你们有没有为地球老弟想过,他也不想变成这样,我昨天去星际医院探望他,你们不会想到他凄惨的样子,一直躺在病床上,不停地呻吟,皮肤表面溃烂,一层层往下蜕皮。原本很精神绿莹莹蓝汪汪的皮肤,现已被枯黄所代替;原本平整有序的皮肤,如今已出现了许多无底的黑洞。保护皮肤湿润、美丽的臭氧层和大气层已被破坏,原本源源不断的生命血水现如今有许多开始出现断流,从清澈变为污泥缠身了。地球老弟出现这种情况是谁所赐啊?还不是人类!如果人类没有乱砍滥伐,那么地球老弟就不会被枯黄所代替；如果人类没有乱排乱放，地球老弟的生命之水就不会变得干枯；如果人类没有不合理利用自然资源，那么地球老弟就不会受到污染，你们说我说得对吗？"

一片寂静，星球们对地球的遭遇感到同情和惊讶的同时又在仔细回想太阳大哥所说的话。突然，有星体发言了："是啊，太阳大哥说得对，我们应该找出罪魁祸首，严惩不贷，不能不分青红皂白冤枉地球大哥，是吧？"其他星球纷纷表示赞同。"可是，我们要怎么惩罚人类呢？"星球们异口同声："让他们从地球大哥身上滚下来，滚出银河系！""不行，这样他们会死掉的，就算不死，沦落到别的河系也会造成污染啊。"太阳大哥的反驳，让月亮姐姐和别的星体无话可说，他们都陷入了深深的思考中——

"或许，这次地球大哥生病会给人类一些启示呢，我们不如等一下，看人类的表现再做决定吧，或许人类已经知错了呢。"土星大哥的发言让大家暂时松了一口气。虽然大会圆满结束了，但所有星体的心里都异常沉重。

人类啊，你们觉悟吧！你们的所作所为已经让所有的星体心寒，大自然已经够仁慈了，奉劝你们赶快收手吧，不然，你们一定会后悔的！

地球的呼救

文 / 代萌萌

地球就像母亲一样默默无闻地向我们人类无私地奉献着一切。然而在社会发展的今天，人类对她的摧残却日益严重。我心痛地看着"母亲"躯体上的累累伤痕，仿佛觉得自己成了治疗星球疾病的"太空医生"。

"嘟嘟"，我的地球紧急呼叫器响了，原来是地球说她的胳膊奇痒，让我去给她治一治。我连忙乘上"太空医生专用号"赶向那里。

不一会儿，我就到了地球所指示的地方——有"车轮子上的城市"之称的洛杉矶。要不是今日亲眼目睹，我真不会相信，公路上全是密密麻麻的汽车。我降低高度，慢速度继续飞行，忽然间被一团蓝色的烟雾遮住了，我连忙利用"电子鼻"去检测，结果是汽车所排放的尾气，由于废气长久积存，不能扩散，便转化为蓝色烟雾……

"嘟嘟"，我的呼叫器又响了，原来地球又觉得东部的血管有点胀痛，害得她彻夜难眠，让我一定要去检查一下，她那求救的声音还带着嘶哑。

我立即向东部飞去。到了那里，我发现地球的血管——河流被污染了，河流周围的工厂将大量的废水不断地排向河道，原来清凌凌的河水如今变得乌黑，上面泛着肮脏的泡沫、腐烂的水草和鱼虾的尸体，气味臭不可闻……

面对这样的惨状,我这个"太空医生"也无可奈何,对此,我只好向生活在地球上的人们发出呼吁:善良的人们啊,请你们珍惜我们共同的"母亲"——地球吧!请不要再排废气,我建议你们可以每周少开一天车,每天少看一个小时的电视,少买一件衣服……减少碳的排放量,并且要保护河流,打捞脏物,清理河道,让小河重新恢复原来的面貌!

过低碳生活,保护我们的"母亲"——地球!

铅笔的自述

文 / 马雨

在很多年以前，我只是一棵小树，和我的朋友们生活在大山里，在那里我们可以尽情地呼吸，自由地歌唱，然后一点点长大，我们很幸福也很快乐。原本以为这样的日子会永远持续下去，直到有一天，一群凶神恶煞的人拿着电锯闯入了我们的世界，将我的朋友们拦腰锯断，就连我这个小不点也没能躲过这场浩劫。我们的家园被人类给破坏了，我和朋友们分散了。他们有的被运去了家具厂，有的被运去了造纸厂，而我则去了铅笔厂，我将会成为人类的工具了……

成为铅笔后，我很难受，全身上下被涂满了颜料，呛得我都快窒息了，后来我被运到了一座大城市，但我却一点儿都不高兴，在这里我看不到一点儿绿色，闻不到一点儿自然的气息。反而代之的是一座座高楼大厦、一辆辆汽车和一阵阵的腥臭味。此时的我太想家了。

后来我被一个小男孩买去了，他白白的胖胖的，很可爱。所以我决定要好好为他服务。但过了几天，我发现小男孩有很多坏毛病。比如晚上睡觉一定要开着灯，即使不看电视了，也不会去主动关上，看到每天都有人在电视里唧唧喳喳地说个没完，我的头都大了。而且他还是个爱浪费的孩子，看到我的同类们才用了几天就被丢进了垃圾桶，我很伤心，为千千万万的同类伤心。如果人类节约用纸，反复利用，那么一年就会有多少树木可以免遭这样的苦啊！地球妈妈也就不会如此的虚弱……其实我的命运也没有好到哪里去，明明才用了几天，结果那天他心情不好，所以就"嗖"的一声，我进了垃圾桶。唉，我们的命运总是被掌握在别人的喜怒哀乐上。

　　我知道，国家正在号召人类要好好保护我们，提倡低碳生活，作为一支铅笔，我无权要求你们做什么。但作为你们的工具，我希望你们可以好好地利用我们，如果你觉得自己没有能力去改变现状，那就去改变自己：认真利用好每一张纸，随手关掉水龙头，不浪费，不破坏……也许这就够了，因为这点力量乘以13亿，力量就大了。地球妈妈的痛苦会减少很多！

反 转

文 / 张佳羽

　　眼看要毕业了，坐在简喜身后的破夹子还那么破，动不动夹人。

　　就说上一堂语文课吧，王老师问：谁能一句话描述心目中的环卫工？破夹子自恃才高八斗，本来简喜的手比她举得快，她的嘴巴却比简喜快：扫落星星的人。王老师问：为什么要扫落星星啊？破夹子拱拱鼻子：星星讨厌，总和黑夜在一起。王老师的眉头拧成一疙瘩。简喜乜斜她：我看你才讨厌呢。王老师叫简喜发言，简喜说：两句话十二个字——灰尘里的精灵，城市中的女巫。破夹子插话：纯属诬蔑！王老师允简喜详解。简喜说：想想看哈，精灵多么机智灵敏，送人吉祥，控制灾难。高尔基在他的《海燕》一文里动情地夸海燕："看吧，它飞舞着，像个精灵——高傲的、黑色的暴风雨的精灵！"《精灵鼠小弟》里的小白鼠斯图亚特，它为追寻家庭、忠诚、友谊的真谛，表现出来的胆量、精神、勇气，不足以成为我们的楷模么？说环卫工是精灵，她们在灰尘中清理干净灰尘，还我们一个清洁的环境，她们还够不上精灵吗！比喻她们是女巫，女巫就是会魔法的魔女，她们骑一把无所不能的扫帚，满足小朋友的各种心愿。环卫工天天不离一把扫帚，满足所有城市人的心愿，扫去肮脏，守卫清洁，她们比女巫更女巫！王老师脸像花儿一样，带头鼓掌。破夹子不服气：能什么呀，不就是显摆自己多喝了几滴墨水，比下不足，比上有余。谁英雄谁狗熊，出水再看两腿泥。

破夹子趁简喜不备，左手握成盒子枪，朝她背上"叭、叭"就是两枪。她很得意：好枪法，还是左轮的呢。简喜听到动静，回头去看，破夹子就瞪着眼珠子：看什么看，天天抬头不见低头见，都看了九百八十二天了，还看不够哇？简喜回一句：谁喜欢看你，尽出幺蛾子。破夹子偷笑：治不死你，跟我玩儿。简喜听到不正常的状况，又回头看。破夹子拍拍外桌沿：你搞么子搞？一回不行看二回，二回不行看三回，是我脸上贴花呀，还是你脸上缺花呀！是不是要我提个花篮唱：花篮里花儿香，听我来唱一唱，你那里呢没情况，我这里呀好风光，就是不一样，昂——！简喜丢下一句：破嗓子唱老掉牙的歌，还装纯呢，比老奶奶寿数还高。破夹子拉她的后背：有你这么损人的吗？你看了我，还嘴不饶人地损我，你以为你米歇尔呀，有强大的美国撑腰哈！简喜任她闹腾，不再答理。破夹子就画了一张简喜长着马克思大胡子的漫画，贴在简喜背上，笑翻了一教室同学。

　　破夹子和简喜都喜欢狗和猫，两家的经济实力不相上下。破夹子爸

开大奔,妈开宝马;简喜的爸开丰田,妈开雪弗莱。两家养宠物也十分相当。破夹子家养了两条狗和一只猫,她给红狗起名叫来福,给白狗起名叫利康,给猫咪起名叫吉吉。简喜家也养了两条狗和一只猫,她给黄狗起名叫消灾,给黑狗起名叫去病,给猫咪起名叫敌敌。礼拜天,同学们噪噪她们二人将宠物牵出来一起玩,这下可热闹喽!破夹子唤来福,简喜就吆喝她的消灾;破夹子夸利康乖,简喜就训斥她的去病要给它去病;破夹子抱着吉吉唱"吉利,吉利,吉利吉利",简喜就教育她的敌敌:享受甜蜜出叛徒,常不警惕有敌人。破夹子不干了:你看看你,有没有文化,牵着一群扫兴的玩意儿。简喜毫不客气地反驳:你的那些宠物腻歪不腻歪?尽往堕落里钻。这样浑浑噩噩地下去,茫茫渺渺的,天天蜜里进的蜜里出,甜掉你的牙,再来个日本鬼子扫荡,你还不出一家子叛徒汉奸卖国贼!破夹子跳起来:你才一家子叛徒汉奸卖国贼!杞人忧天,我们要海、陆、空、二炮、武警干啥?保家卫国!你说你,不好好享受生活,尽想杜甫那些"朱门酒肉臭,路有冻死骨"的老气横秋,你真不该生在我的年代,赶紧找你杜圣人扫兴去吧,装订在历史的回忆册里,接受后代们的鞠躬膜拜和赞扬!二人吵闹不休,僵持不下,同学们不欢而散。

　　这事闹的。简喜感叹:有一种失败叫意外。破夹子接茬儿:有一种幸福叫无奈。简喜问:你知道什么叫人生?破夹子答:人生就像一杯二锅头,酸甜苦辣别犯愁。本山大叔如是说。简喜摇头:你浅得就像小品,只识赵本山,不知巡洋舰。破夹子推她:别装深沉,你以为你耄耋之年的老教授呀,一把银髯一把泪,一支秃笔一生愧,风吹残牙抖余热,一片冰心向谁说。罢啦罢啦,我不跟你计较,你的话,我左耳接纳,右耳挖出,噫,全是恶心人的耳屎,踩上十八只脚,打下十八层地狱,叫它永世不得翻身!简喜仍然摇头:同坐在一个教室里,沟通起来隔级如隔山。人生,张爱玲说,它是一件爬满了虱子的华丽衣裳。唯一以短篇小说获取诺贝尔文学奖的艾丽丝·门罗说，女性的人生，是铺着油抹布的厨房，就仿佛是深不可测的洞穴。破夹子扇着空气：臭气都是从你那儿过来的，熏死个人，人生就是这样啊？太悲观了吧？我才不管以后呢，抓住青春抓住现在，快乐一天是一天，哪怕明日吃酸菜。破夹子意犹未尽：哎，我琢磨出来了，你这人哪，小说之类的狗屁玩意儿看得太多了，有些病态。啥病呢？我想想。对，精神病。精神病人欢乐寡，思维广。对对对，太对了，以后就叫你欢乐寡思维广，就这么定了！

果然，没多久，全班传开了，简喜的外号叫欢乐寡思维广。简喜气坏了，攥着拳头找破夹子，破夹子面无惧气：咋，想拼命呀？简喜眼睛瞪出了血：你为什么侮辱我？破夹子不屑：我不跟你论理，一、说不过你；二、我说不过；三、你一肚子坏水，谁叫板谁变落汤鸡。废话少说，我这个人做事简洁利落，能打都不骂。你想扳倒井，走，操场，一对一，单练。你修理软了我，我道歉；我整你个满脸桃花开，遍地尽找黄板牙，你就从此闭嘴，别跟我争头彩！简喜犹豫。破夹子催促：快，马上。简喜脸上风起云涌：你说了算还是我说了算？破夹子让了让：你说了算。简喜顿了几顿，憋出一句：那就牛上。破夹子没反应过来：什么意思？跟牛啥关系？全班同学笑：这还不清楚，慢点来。马上马上的，哪有那么多马呀！破夹子似乎明白了许多：哦，新词呀！尽整些没用的。她就好这一手，用字玩人。天上打雷她放屁，地上流溪她拉稀，没有她不严丝合缝的地方。简喜一拳打过去，破夹子的鼻子喷血了：怎么回事这是？弄反了呀？你还会打人呀你，这是我的专利！简喜鼻子歪在一边：这叫逼上梁山，自卫还击；趁其不备，出其不意！

破夹子骂了句他大爷的，今天走狗屎运了，没夹着人，反被看不起的简喜夹了！

我想象中的一年四季

文 / 汪怡君

毕业后，会是怎样的生活？常思考、幻想自己未来的一年四季……

每天9点起床，洗脸刷牙给自己煮早餐，然后去网上溜达一圈，发几张帖。11点半关闭计算机打开电视声音调到40分贝，取走沙发上第三只抱枕，坐在窗前开始发呆。12点准时收看午间新闻，其间会喝掉一杯橙汁，或是一杯茉莉花茶。12点半新闻结束，关闭电视，拉上窗帘，在沙发上绻缩。有时会3点醒来，有时会一直睡到下午，夕阳在雪纺纱的窗帘上打上一道金黄。用乐肤洁洗个冷水脸，然后给窗边的绿色植物浇水，夕阳全部沉下山去给自己煮碗鸡蛋面，吃罢坐在计算机前开始敲字……

渐渐习惯这样的昼伏夜出，凌晨3点入睡，若有时实在乏，会泅出去街上乱逛，在24小时营业的便利店买苏打饼干和纯牛奶，然后在苍黄的街灯下狼吞虎咽。

如此持续一整个夏天，直到太阳南移过赤道，这样的生活才结束。将写好的所有稿件投寄出去，接着去面包房做钟点工，每天工作6小时，收入48块。晚上去偏僻的酒吧做驻唱，换三杯蓝山来打发时光。

等到小有收获，便开始打点出去旅行。去丽江，看玉龙雪山，找那间梦境中的小酒吧，红色的砖墙，清晰的水泥缝隙，古老的前台，打红色领结的服务生。去江南，踏访烟雨朦胧的古镇，灰暗的青石板路，小桥流水。去大漠，踏着骆驼的蹄印，寻找那或有或无的绿洲，在铺天盖地的黄沙中宿营，用木架撑起的简易炉灶煮罐装的红烧牛肉沽一口烈酒，酣酣睡去。

一月中旬返程归来，打点着准备过年买橘子味的大白兔奶糖、百事可乐、百威、鸭梨……一大堆食物还有好多好多仙女棒。除夕的夜插在阳台一一点燃，躺在沙发上喝着百威看满天的烟花灿烂。

冬天过去，春天到来，在客厅的木质案桌上摆一只鱼缸养两条红色的金鱼，春天总是这么乏味但又生机勃勃。三月底，再去一家杂志社做编辑，简单的工作是我喜欢的那种。

习惯了简单的生活便不去复杂思考，而现实永远那么现实，我是感性而主观倔强而心软的人，在自己编制的一年四季里惴惴不安。因为不小心被自己拍扁的小虫子而悼念，在为买百事还是可口而犯难不定期的头痛，厌倦思考，眼泪莫名溢出眼眶，尾指不灵活没有食欲……感觉自己死了，睡着了却还在思考问题。

自然物语

秋之白桦

文 / 吕宁

秋,给予了白桦的华丽,
白桦,增添了秋的色彩。
金黄的落叶,翩翩起舞,
漫步在秋与白桦之间。

秋的声音微微响起,
在耳边,在心田,
无边无垠。
白桦听着秋的脚步声,
向它来临。

夜暮将至,
秋的气息,围拢桦林。
天空中,
映出了秋之白桦。
金星满布,
照出了白桦之秋。
美丽的秋天,

葱郁的桦林，

凝结，

凝结成一个美丽的邂逅。

秋——之白桦！

落叶遐思

文 / 吕晓雪

叶落了，秋就乘着落叶来了，秋来了，人愁了，迷惘地仰望着天空，愁绪无限，叶悠悠飘下，我的心也微微一颤，仿佛是纷纷落下的叶子的一枚。

一片金色的叶静静地躺在我的掌心，我不禁苦笑一声：当落叶多好，不必迷惘，不必思索人间的纠结，不必茫然。细细的一抹，却诧异地发现，原来只是一片残叶而已。

轻轻抚摸着，这片缺了小口的叶，用手指把纤细的枯茎托起，颤微微地动，金黄的叶片凹凸不平。薄薄的一片，只剩下水分干枯的躯壳，秋风一起，斜阳碎碎地洒下，手中的叶儿便跟着漫天飞舞的黄叶，披着金黄的光辉，一起在空中起舞，我久久地凝望着：呵！残缺的你也依然这么美，这么洒脱。

我伫立在秋风中沉思，难道残缺与破碎，一定是沧桑世事中的永恒，感伤与无限苍凉？不！我不相信！

林黛玉的破碎，在于她刻骨铭心的爱情；三毛的破碎，在于她的历险与困难；贝多芬的破碎，则是灵性至极的琴键撞击生命的悲壮乐章。只有真正的破碎，才算活过。

我重新拾起那片残缺的落叶，用新的眼光去欣赏它，蓦然发现，它原来充满了艺术的韵味，它可真是秋天的见证、秋天的心脏啊！我在秋风中不觉加快了脚步,手把落叶握得更紧了,眼光不再迷惘与忧伤,坚定地走向小林的拐角,仰望依旧高远的天空。我会记住秋叶的启示,我会笑着面对生活的困难,拥抱破碎的校园生活。

秋风一起,斜阳远照,定格着一个女孩坚定的身影……

又见枝头吐新绿

文 / 李瑞琪

枯藤长出枝丫，时光翩然轻擦。

——题记

那年寒霜冷枯藤

寒霜降，把毫无生机的大地改变了。

推开窗，枯槁的枝头无绿意可看，但枝头上那若隐若现的霜花，也为其增添了一笔别有生趣的美丽。

走在地上，脚底下"咯吱、咯吱"的声音，激起了我无尽的乐趣。手攀上那带点丝丝白意的枝头，一阵凉意向我袭来，看着那生长多年的老树，利索地把秋千上的霜花打掉。坐在秋千上，一摇一晃，树上的霜花纷纷落下，洋洋洒洒，美极了。

水破冰层绿意发

小河里的冰融化了，一块块的碎冰漂浮在流水中，用手捞一块碎冰，放在手掌之上，任它慢慢融化，从指缝中一滴一滴地流走，就像冬天，她要走，你怎么拦也拦不住。

春风拂过脸颊，暖暖的，原本平静的大地已经有小生命在繁衍。一颗颗可爱的小脑袋从地下探出头来，拼命地呼吸着清新甜蜜的空气，仿佛一刻不呼吸，它就有可能永远地长眠地下，再也不省人事了。

这样的场景多美好，真可谓"岁月静好，一世无忧，莫失莫忘"。

枯藤长出新枝桠

春天的来临，很快让我家院子里的老树迎来了它的再一次生命。

枝头萌发了淡淡的一抹绿，那抹绿如墨滴在水中，默默地，悄无声息地酝酿开来，越来越大，从一抹绿悄然变成一簇绿。

再次坐在秋千上，抬头仰望天空，不算浓密的绿占据了我的眼球，那样清晰，那样深入人心。

时光翩然轻轻擦

梦中，我置身于树上，摇着枝干，欢笑嬉戏。梦醒了，自己依然坐在秋千之上，原来自己听着歌睡着了，看着手边书页大开的《水浒传》，淡淡一笑，笑自己在梦中的不切实际。捧起书本，又专心地读了起来。

秋千轻轻地摇着，歌声充斥着我的神经，眼目不转睛地盯着手中捧着的自己最心爱的书，如梦如幻。

不知见过多少年的枝头新绿，原来已经过去那么多的时光了，一年又一年地轮回着，时光翩然轻轻擦！

触摸四季

文 / 刘雨

雨,温柔细腻,有一种朦胧的美;水,清澈透明,有一种灵动的美;风,轻柔温和,有一种自由的美;雪,轻软洁白,有一种清凉的美。

——题记

润物·春

冰雪悄悄融化,水清脆地流淌,这时春来了。

随风潜入夜,润物细无声,一场春雨来临,她悄悄地、慢慢地带来了无比的润。

雨,如泪水,似落花,像露珠,划着小船似的坠落下来,在空中荡漾,在空中游展,她如泪一样明亮,如花朵一样美丽。让万物一片墨绿色。

雨是这世界的主角,是这世界的精灵。

回旋·夏

泉水叮咚,泉水叮咚,泉水叮咚响,泉水叮咚叮咚地从四面八方涌出。

水，如涌泉，似银珠，如激流，清爽地涌出，在地上拍打，在池中嬉戏，在地上旋转，如珍珠一样明亮，使万物呈现出一片蓝色。

水是这世界的主角，是这世界的精灵。

划过·秋

空山新雨后，天气晚来秋，刚下完雨的秋，风还呼呼、呼呼地吹着。你听，这呼呼、呼呼的声音是风姑娘在秋天到来的独一无二的信号。

风如丝带，似银丝，如彩条，慢慢向四周划过，在空中荡漾，在空中伸展，如雾一样薄，如水一样透彻。让万物呈现出一片枫叶的红色。

风是这世界的主角，是这世界的精灵。

飘飞·冬

孤舟蓑笠翁，独钓寒江雪，天阴沉沉的不一会儿洁白的雪花悄然无息地飘落。

雪，如鹅毛，似柳絮，像蒲公英，飘飘悠悠地落下来，在空中回旋起来，在空中飞舞起来，如烟一样轻、雾一样润，使万物白色梨花一样地开满。

雪是这世界的主角，是这世界的精灵。

春的和煦，夏的炽热，秋的飒爽和冬的寒冷，让我陶醉，四季是优美的，四种季节都描绘了自己不同的美丽画面。

我爱这些美丽的精灵，爱这美丽的四季。

无脚鸟

文 / 汪怡君

这世界上有一种鸟是没有脚的,它只能够一直飞呀飞呀,飞累了就在风里面睡觉,这种鸟一辈子只能下地一次,那一次就是它死亡的时候。

脑海中又迷迷糊糊地想起了宁采臣和聂小倩的故事。或许是因为哥哥的传神演绎,才让人记得那么牢靠,又或许这在冥冥中便注定了他爱情开始的方式。我想,每一次的梦回萦绕,于他而言一定都是痛苦的吧。他无法逃避,他早早便在心的最深处种下了责任的苦果。

他爱上了一个从未谋面的女子。这一切无可厚非,他在现实里无法跨越这道思想的坎,于是他只能选择离开。

他的忧伤来自于他的寂寞。他如一只没有刺的刺猬,在独自行走,没有倾诉与聆听的行走更容易让他觉出疲惫。

他无法从电影里抽身,最终越陷越深。他如此痴迷于自身角色的原因,是其寂寞的本身。他只能从虚拟的电影情节中排解寂寞。那样他可以爱得肆无忌惮,可以为宁采臣、蝶衣,抑或是欧阳锋的追求而倾尽全力。但在现实里,因为他的荣耀和地位,那些崇敬他的人,给了他太多的冲击。他们要么疯狂,要么淡漠。但是哥哥是如此的简单啊,他不会想到那么多复杂的东西。当他想与他们握手的时候,他们硬生生地拽着他不放。他的善意亲近给他带来更多身体上的疼痛,他为之烦闷,并随之表现出冷漠。那些寂寞在他的心底滋生，越来越多，像是一颗老榕树的根，盘根结错，直至将整颗心都包裹。

他最终选择了一种无法后悔的姿态离开，只为寻找一双可以站立休憩的脚。他累了，深深的疲惫让他无法适应生活的喧嚣。他不愿意再这样折磨自己，他哭泣，一个人在暗夜里落泪，他是一个寂寞的孩子。

叶的一生

文 / 潘若铠

蓦然回首,发现秋风扫荡着的几片落叶,蜷缩着,悄无声息地飘落,干枯得似乎轻轻一踩,就要碎裂似的。这让我不禁联想起树叶的一生。

春寒料峭,冒着刺骨的寒风,它们艰难地从树枝的怀抱里顶出芽孢,向世界宣告春天的到来。

春天终于真的来了,春风轻轻地吹拂着它们,阳光暖暖地照耀着它们,雨露甜甜地滋润着它们。树叶们从一片小芽开始,日夜不停地长呀长,终于长成一片片绿油油的叶子。微风吹拂下,树叶飒飒作响,似乎是它们欢快的笑声,哦!它们是在歌唱幸福美好的生活吧!

天越来越热,懒洋洋的太阳烘烤着大地,连最勤劳的蚂蚁也躲在树荫下休息了,树叶们仍在鼓足了劲,忙碌地进行光合作用,制造着清新的空气。

夏天的序幕,在一片聒噪的蝉声中正式拉开。蝉们贪婪地吮吸着叶子们的养料和水分,就凭这一点,叶子就可以把蝉判为"死刑"。可它们没有,仍在默默地辛劳着,奉献着自己的所有。

8月,一群不速之客来到树上,噬咬着它们的树叶。是毛毛虫!毛毛虫的食量多么巨大,多么可怕呀!许多树叶被啃得只剩下叶脉,孤零零挂在树枝上哀叹自己早逝的生命。剩下的叶子们只能在心中祈祷:不要让毛毛虫发现自己吧!

不幸还是降临了!

一阵秋风吹过,树叶们不禁打了个寒战,直觉告诉它们,生命即将走到尽头。伴随着一阵强似一阵的冷风,它们的身体逐渐由绿变黄绿,由黄绿变褐黄,最终它们飘飘然落了下来,结束了它们的生命历程。但它们并不痛苦,因为新的征程又将开始,它们默默化作一抔泥土,滋养着脚下这片土地,为明年的新芽奉献出最后的力量。

这就是叶的一生,平淡、坚强、无私。

秋

文 / 张永鑫

在一年四季中，我最喜欢的是秋天。春是俏丽的，但是我嫌它太喧嚣；夏，我是不敢领教的。火辣辣的太阳，晒得我头昏脑热；冬天呢？我又嫌它只有一种颜色，太单调了些。只有秋天，我可以舒舒服服地在它的怀抱里享受平静的深思和诗章一般的旋律。但一直生活在都市的人未必可以寻到它的身影。

多年来，秋给我留下一片寂寞，无声的怀念。我记得那年在老家，你是怎么巧妙地把田间的稻禾染上金黄色，随清风摇曳，成为一望无际的稻潮；树上累累的果子，你也不忘为它们穿上透红的衣裳，遍地都是令人惬意的秋收。庭院里，山丘上，田野间都夹送着幽幽的花香、果子香，处处见到秋的身影，使它们变得更加神秘了起来，又为山间披了一层薄纱，使我想起王勃的诗句："落霞与孤鹜齐飞，秋水共长天一色。"

秋雨是构成秋不可缺少的一幅画。秋雨每当落下时，像牛毛，像细雨，斜斜地密织着，它滋润着山川、大地，花儿开了起来，树叶红了起来。

这时节菊花最美，淡黄的，浅紫的，黄的，白色的，开满在整个山间。记得陶渊明的诗句吗？"采菊东篱下，悠然见南山。"这份心情，只有在秋才显得悠然自得。

秋来了，提醒了我：一年的时间过去了一大半，还剩下的，应该好好利用。我是懒惰惯了，但在它的面前，就感到无比的羞愧，恨不得学点东西不让你失望。

我是急躁的，而秋是恬静的，可就是我对秋的爱使我学到了很多，然而我还是追不上你的万分之一。秋可以吹黄小麦，给果树添上一件漂亮的外套，而我能做什么呢？我只能埋头把秋记录下来，把我对秋的敬佩之情表达出来。

每当寒意加骤时，我知道你不会滞留太久了，虽然我知道冬去春来，秋天也等不了多久了，但我还是对秋依依不舍，恋恋不忘。我多想时间停留在这儿，待我把你记录下来呀！

秋，别走啊！

杨 梅

文 / 戚昊苏

今天的晚自习本来是语文老师张老师的,因张老师去香港进行小班化的学习,今晚才能回来,互换了一下晚自习。正好今天上午英语老师和我说英语课代表孙易慧同学和穆心宁同学因为收作业的问题产生一点儿小矛盾。正好利用她们吃完晚饭的时间给她们疏导一下。

等疏导完了也快7点了,想起来还没有吃晚饭。就到学校北门对面的沙县小吃,去吃蛋炒饭。进了门对老板说:"老板,帮我炒个蛋炒饭。"我刚坐下,老板娘就走过来,"尝尝,这是我们老家的杨梅。新鲜的,早上才摘,下午我妹妹才从浙江送来的。"说着送给我一袋。

杨梅听说过,但从来没有吃过新鲜的杨梅,只吃过装在罐子里的用糖加工过的杨梅干。新鲜的杨梅还是第一次吃。拿起一个放进嘴里咬了一口,微甜带着微酸的杨梅汁顺着牙齿缝就流出来了,那感觉真好——不仅仅在于杨梅的口感,更在于心的感觉。没有想到老板娘会请我吃他们家乡的特产。

这家沙县小吃已经在我们学校开了七八年,我在他家吃蒸饺、馄饨、蛋炒饭也有七八年了。他们家的东西口感很好,就一直光顾着,老板夫妻俩不善言谈,但丝毫不影响他们饭菜的质量。我这个人有时有点偏执,偏执得喜欢一个东西会很多年都不改变。比如喜欢一首歌曲,我会反复地去听,却丝毫不会厌烦;比如喜欢吃一种东西,多少年都不会变；再比如一个人曾经帮助我，一直都会记住对我的帮助，在可能的时候去回报。这家小饭店经常光顾的原因是因为饭好吃，让我有快乐的感觉。有时等饭的时候也会和老板娘聊上几句。在间断的聊天中了解他们租这间15平方米的小门面一个月的租金3000元，房东还不时地调价。在小吃店的对面租了房子每个月租金2000元，还有女儿马上要上初中了。他们夫妻俩就经营着这个小吃店，很本分地很勤劳地操持着。老板娘的心态很好，"我就一个女儿，我把她供养到大学，我们就回老家去，老家也有房子，我们给自己交了养老保险，我们在这儿也不买房子，没有必要为房子压得自己太辛苦。"她说得有道理，人活着就要让自己生活在一个很舒适的程度上，没有必要去羡慕开着宝马、住着别墅的人，只要一家人相亲相爱，快乐舒服地生活，用自己的勤劳去获取生活的资本就可以了。外表虽然不光鲜照人，但自己的内心是快乐自在的，幸福本身就是自己感知的一种感觉，不是外界对你的评价。就如这杨梅，外表虽没有草莓来得娇艳诱人，也没有玫瑰那样光彩夺目、香气迷人，但它内在包含着丰富的汁液，酸甜可口。这种感觉只有享用者知道——美味！

生　机

文 / 戚昊苏

　　过了一个完整的寒假，再次回到学校上班的时候，发现教室的本来生机盎然、绿叶繁茂的一盆绿萝，经过一个假期，已经是枯叶一盆，枝干干软没劲，应该属于死了的状态，在教室里真的有碍观瞻，就拿走准备扔掉。正准备扔进洗水间垃圾桶时，一个念头从脑中闪过——给它浇点儿水，晒点儿太阳是不是还能有一线生机呢。

　　又把那盆绿萝拿到了教室门口的台子上，把一些枯叶小心地拿掉，又找来学生喝过的饮料瓶子灌了点儿水，给它浇水。每天到教室看看孩子们的时候，顺便看看这盆光秃秃的只有几根枝干的绿萝，顺便偶尔给它浇点水。过了几天，本来干瘪的枝干变得枝干充盈，再过了几天，在枝干上冒出了新的苞芽，那苞芽水灵灵，绿绿的，嫩嫩的，又过了几天，苞芽又多了几个，原来的苞芽已经舒展出了叶子，透着生机。

　　这生命触动着我的心，如果当时觉得它那么难看，没有生机，把它抛弃，就没有今天它冒出新芽带给我的喜悦。如果当时把它扔了，就没有它现在的生命装点教室的美丽。如果当时把它扔了，对它来讲意味着生命的终结。这也让我感悟，作为一名教师，对待再怎样顽劣的学生，都应该相信他有成为国家希望的机会，多给他一点儿指点、教育，相信会有惊喜。

写意乌溪江

文 / 俞天一

　　我的外婆家在衢州乌溪江湖南镇水库库区的一个小山村。外婆家的门前有一湾小溪流过，几十米外，溪水就流进水库，和乌溪江紧紧相连。相连处有一座石桥，和外婆家的小屋相对而望。

　　每次去外婆家，站在石桥上望山、看水、赏花、听鸟，是我最喜欢做的事。那群山、石桥、乌溪江，那鸟影、流水、小山村，构成一幅清丽灵动的写意画，如梦如诗，如诗如梦。

　　水是这幅写意画的灵魂。乌溪江水的颜色浅蓝、深蓝、深青、浅绿、墨绿……随着季节时光、阴晴雨雾不断变幻，充满神奇，令人遐想。如果是在晴天，被水中涟漪反射的太阳光影，总是在岸边的青草、石头和树上晃动，看得见捡不起，一片片波光粼粼……最快乐的当然是盛夏，直接往水里一钻，扑面而来的凉意，格外清爽。乌溪江的水，也许来自天上，有灵性。我每每去外婆家，坐车从衢州城出发沿着乌溪江水库经过几十道弯的山路，经常会晕车吐得昏昏沉沉。下车到了外婆家，外婆抓一把自采的草药，用烧开的乌溪江水泡上一碗，我只要喝上几口，一会儿便清醒如常。这也许就是乌溪江水的灵性吧！水有灵，人有情，令我陶醉。

　　花是这幅写意画的重彩。乌溪江源头的群山，没有泰山的高耸，没有华山的险峻，更没有天山的冷艳，有的是质朴却别有一番风味。开花

时节，花多、花密、花繁，可谓是山花烂漫、美得惊心。早春的山桃花，白瓣红蕊，盈盈枝头；山樱花如粉嫩的山姑娘的笑脸，甜美纯洁。5月的油桐花如一串串晶莹剔透的风铃，缀满枝头，迎风摇曳；金樱子花点亮山野，白净素雅，一尘不染。冬天里洁白的油茶花有甜蜜的回忆，摘下花，吮吸花蕊，很甜，是家乡的味道。开得最烈最艳、最耀眼最壮观的当数春天的映山红。映山红盛开时，这里一丛，那里一片，团团簇簇，云蒸霞蔚，把乌溪江两岸的崇山峻岭、山坡岭背点缀得空灵含蓄又热情似火，引来多少游人高歌那"岭上开遍哟映山红"。

  鸟是这幅写意画的韵律。乌溪江两岸的山林郁郁葱葱，是鸟儿生活的天堂。鸟鸣声婉转悠扬，悦耳动听。"唧唧"，那是雏鸟在呼唤母鸟，委婉中带着娇气；"唧唧啾啾"，那是画眉鸟在唱一首优美动听的歌曲，又像笛手在吹笛；"嘀哩嘀哩"，那是黄鹂鸟曼妙的歌声在空中打转；"唧唧喳喳"，那是麻雀一刻不停的欢叫声，似乎在招呼同伴跃下树来……那飘逸的身影，可见鸟儿的活泼；那美妙的歌声，可见鸟儿的快乐。好几次，为了聆听这妙趣横生的鸟音，我都忘了吃饭时间。"处处闻啼鸟""人来鸟不惊""鸟鸣山更幽""春山一路鸟空啼"，那些赞美鸟鸣的古诗句虽然生动形象，但远不如乌溪江两岸的鸟鸣声丰富多彩。一只鸟是一个音符，几只鸟是琴瑟和谐，众鸟齐鸣，如泉水倾泻，胜似天籁。

  碧水清，花如雨，鸟鸣悦，乌溪江源外婆家，山水衢州我的家，我用稚嫩的文字为你吆喝，无论我将来走多远，我的魂我的魄始终会在这好山好水间停留！

美丽信阳我的家

文 / 周其运

倘若以天地作为经纬,用脚步丈量大地,在一路形色匆忙中,更多的时日都在赶路,因而只是匆匆一瞥间,总是会错过太多沿途的风景。时空可以忘却许多,却也会让另一些变得更加让人思念回味。因而总是无端地怀念家乡,怀念家乡的山山水水,甚至每一寸土地。很长一段时光,信阳对我是熟悉。

说其熟悉,是源于家乡的缘故,二十余载的时光几乎已经把长久生长的方圆几十里地刻于胸怀,足迹几乎踏遍每一处角落,那些记忆也扎根在眼角每一个瞬间,定格方寸间,脑海深处却是久久不间断的回想盘旋。

童年的时光中依然留住了家乡的味道,纵然一抔泥土、一叶碧草,似乎都透露着别样的温馨与芳醇,感动尽在不言中,可是那种难言的亲切与感怀却是如梦幻般的时光小船中良久的思绪亲昵。

花中看世界,草中见天堂,家乡的每一抹温度似乎都珍藏着无数弥足珍贵的情景汇聚成的动人心弦的故事,一幕幕往事或许平凡,却总会于不经意间悄然在心怀生根发芽,如同疯长的野草,在脑海久久回荡,如同永不逝去的电波一样随了流光一样,即便不断厚重,也永不会褪去心头那层辉泽的光圈。

斑驳陆离的墙角,抑或老态龙钟的树梢,都会让人驻足良久,勾起

无尽的想象空间，然后缠住老人前辈一遍遍询问这块厚重土地的前世今生。其间，或许许多的遗迹或许早已埋藏了那些故去往事，只剩下一段孤零零的碎砖片瓦在风吹雨打中诉说着无尽的沧桑嗟叹。

家乡涌于视野，刻于心头，激荡于脑海深处，就这样变得熟悉。可是信阳对我又是陌生的。很长一段时间我都会很坦诚地告诉每一个人，我从没有去过信阳市区，然后或许难免投来许多惊诧的目光，可是信阳对我真的不是期望中的那样了然如胸，最多只知道其中的一个很微小的角落。虽然信阳市区与老家所在的县城距离并不太遥远，也一次次会在听过关于信阳的只言片语后，不断想象着其中的美好与绚丽。并且深深地知道一定不会逊色于心中想象的模样，并非因为家乡的味道，更源于一种无端的喜爱。

真正踏上信阳市区的土地时，沿着宽宽窄窄的道路四处走动，耳畔时时传递着那熟悉的家乡口音，似乎冬天的空气也变得清新而不再寒冷。与平生所见的从东部至中原再到西部的每一座城市而言，信阳市区其实并没有太多的明显的特色可言，既不是东部城市那种一不小心四处人山人海，透视着一种高楼林立深处的喧嚣浇铸出的繁华，也不似好些西部的城市，一大片一大片的孤单地搁置下来，寻不见任何的生息，让人感受不到丝毫蓬勃的气息。信阳则不然，正好介于两者之间，相对于大城市而言，或许有人会说小，却小得精致；相较于许多西部城市，有人又会说大，却大得恰到好处。多一分臃肿，少一分空旷，信阳就在这种格局中走向完美的融合。

因而，信阳很美，这种美让我无法用任何矫揉造作的文字大肆涂抹，因为任何的浮华的表象对我的家乡似乎都是一种亵渎，而家乡的美更是任何华丽辞藻所难以表达的。

尽管家乡不乏风景名胜，也不缺少名人轶事，可是我却不敢在此用丝毫的笔触涉及鸡公山，也不敢有只言片语解读许世友将军，抑或谈论

家乡素描

刘邓大军千里跃进大别山的壮举极其重大的意义，甚至对于信阳毛尖的简单介绍也不敢有半点的概括。并非因为我的懒散或者吝啬笔墨，而是这些实在已经被许多生花妙笔绘制得太多，我不敢再用拙劣的文字拾人牙慧，因为信阳实在太美，无法用任何的文字写出其中的真意与心灵的情怀。

青山，秀水，泥土，夕阳，还有我最爱的人……

美丽信阳我的家……

或许有人说你是一首绚烂的诗，可是诗歌又怎能描绘出你的绮丽真情；也许有人说你是一幅美艳的画，可是图画又怎能概括出你的清丽温馨。也许这就是你，信阳，我生命的始点、逐梦的源头，也承载着我太多的挚爱与感动，还有那无尽的思念与挂怀，美得娇小可人，美得温婉娟秀，美得光可照人，美得富于生意，在不事张扬中缓缓沉淀下厚重的底蕴，不断升华出品格，永远保持着一种亲切与纯真，成就一种圣洁魂灵。

家乡的小溪

文 / 朱文婷

镜头一：过去

在我的家乡，有一条小溪，它蜿蜒曲折。听我的爷爷讲，它以前的样子是那么的美丽，溪水清澈见底，小溪里生活着各种各样的鱼儿，它们在水里游来游去，唱着欢乐的歌儿，偶尔还吹几个小泡泡，像是在赞美它们那美丽的妈妈——小溪，小溪听了，心里高兴极了，唱着歌儿，跳起舞来。

不仅是这样，夏天，烈日炎炎，骄阳似火。我爷爷说：他小时候常常和小伙伴到溪边去玩耍，还到小溪里去游泳呢！小溪由于他们的到来变得更快乐了。

有时，孩子们在溪边游玩，大人们去溪边钓鱼，一坐就是一整天，夕阳西下，人们才拿着他们钓上来的"战利品"，恋恋不舍的和小溪告别。

镜头二：现在

现在，我家乡的这条小溪，已变得浑浊不堪了，小溪里的鱼儿没有了，小溪那动听欢快的歌声和它那优美的舞姿随着小溪的日益衰弱远去了，取而代之的是它那痛苦的呻吟声。

小溪散发着一股恶臭，每当人们经过这儿时，都不由得捂住鼻子，快步而行。

究竟是什么原因使清澈见底的小溪变得如此不堪呢？

镜头三：原因

看那边，一座工厂正在向小溪排放污水呢。再看另一边，一些人正在向小溪里倒垃圾……看到这儿，我恍然大悟，小溪会变成这样，完全是人们不注意"环保"，不注意"低碳"，才导致她变成了现在这般模样。有人还向小溪里乱扔废旧电池，你们啊！知不知道废旧电池对环境的污染有多大？一粒纽扣电池就能污染60立方米的水啊，这些水相当于一个人一生的饮水量啊！

哎！我家乡的小溪啊，你何时还能再唱一曲欢快的歌儿，跳一支优美的舞蹈吗？

家乡海州一瞥

文 / 范荣荣

之所以"一瞥"为题，是自己没有底气写出纵观、详解之类的文字。朐阳城、钟鼓楼、孔望山，承载着海州历史的老街古巷，它们是比我们更伟大的存在，除了敬畏，还有更为复杂的感情。

作为地道的连云港人，对于海州城的了解并不多。幼年家境不好，照顾弟弟妹妹，读书做家务，加上以前交通不便，八十里外的风景也很少有机会出来看。海州也是高中毕业以后才来过一次。只记得城门边上有一架抗战时期的小飞机，被人们摸得光滑水亮。走过不知名的老街，在一家古色古香的书店里买了一本国外的名著。那条走过的街如今也忘了，那本书是书柜的哪一本也记不清了，算起来应该是八年前。年轻人也健忘。青年外出求学，如出了笼的鸟，心想着能飞多远飞多远。对于年少的我来说，远方就是最好的风景。中国南北有不同的山川河流、各异的风土人情，猎奇的眼睛在各处搜寻，小小的故乡早抛在脑后了，大学暑假都不怎么回家。毕业在南京工作，每天坐着公交穿过高高的中华门，经过长满高大梧桐的长乐路去上班，周末在各处景点晃悠：朱雀桥、乌衣巷、莫愁湖、白鹭洲、紫金山、玄武湖，桨声灯影里的秦淮河，层层白阶的中山陵，六朝金粉地，金陵帝王州。钟山龙盘，石城虎踞，我以为这才是真正的古城。本以为和海州不会有交集，但是人生的际遇从来不在人们的意料之中。

农历癸巳蛇年嫁给多年前的高中同学,落户海州鼓楼东。自此,我才细细地品味海州。成了家,怀了宝宝,每天腆着肚子拎个小包走在上班途中,古城的阳光照在身上,暖暖的恍若隔世。人生像是一个圈,走了多远,兜兜转转还会回到原点,爱在哪儿家就在哪儿了,生根发芽,哺育下一代的生命,生生不息。千百年来,古朴的海州城又养育了多少子民呢?

天还没有亮,满天星辰下的海州古城还在静默地沉睡,早市的人们已经热热闹闹地开工了,青龙桥下没有了潺潺的流水,双龙井也没有了往日的叮咚,可在静默中你的心灵仿佛还能听到千百年前的晨钟暮鼓。

据最早的历史地理书《禹贡》记载,海州在夏商时期属九州之一的徐州。周朝时,将原来徐州之域分为青、兖州,海州属兖州。春秋战国时期:先属鲁后楚,叫"郯国"。秦东门的石雕记录着秦始皇的文治武功,那时候,海州称朐县。南朝梁武帝时筑城,北朝东魏武定七年也就是公元549年始置海州,距今天已经一千四百多年了。秦汉以后诸朝均有修葺,唐宋时增修鼓楼以西部分,西门就是现在的鼓楼。海州成为海赣沭灌及周边地区的政治经济文化中心。苏门四学士之一张耒有《登海州城楼》:城外沧溟日夜流,城南山直对城头。溪雨田足禾先熟,海树风高叶易秋。宋绍兴二十三年,义军抗金守城,加筑海州城,群众把白虎山纳入城中,加筑外城以抗金兵侵犯。如今老城海州像窖藏多年的陈酿,散发出它独特而芳洌的气息。四月八的白虎山庙会即将落下帷幕,哼着老海州的宫调,抱几盆花开正艳的牡丹,扶老携幼尽兴而归。

朴素的老城,我们所热爱的家乡,愿我们幸福常伴,平安相连。

对死的解读

文 / 戚昊苏

一天中午在办公室躺椅上小憩，翻着从教室小书橱里带来的《读者》，看到了一篇《与史铁生最后的聚会》，这一刻才真正地了解了史铁生。一直以来只是听说这个名字，并不了解其生平。

他21岁下肢就彻底瘫痪，自杀过三次，后来得了尿毒症，经常要透析，得病时被人嘲笑，起初他对此很愤怒，后来他开始怜悯那些嘲笑他的人。他开始写作，写他怎样面对。当一个记者问他："您的专业就是在家写作吧？"史铁生说："不是，我的专业是在家生病，我业余写作。"从这句轻松的话可以感受到他的艰难的生存状态。当生病越来越专业的时候，他每天只能写两三个小时，即使这样在4年里也写出了十几万字的《病隙碎笔》。他感悟出了死的事情，在《我与地坛》里写道：一个人，出生了，这就不再是一个可以辩论的问题，而只是上帝交给他的一个事实；上帝在交给我们这个事实的时候，已经顺便保证了它的结果，所以死是一件不必急于求成的事，死是一个必然会降临的节日。

他想通了这个问题的时候，就不再惧怕死亡，他用他的笔写下他的思想、他与病魔的抗争。在他死的时候，把脊髓和脑用于医学研究，把角膜捐赠，他的肝脏在他死后的9小时后在另一个人的体内苏醒。他用一生的时间来感受疾病对肉体的折磨，用自己的坚强来书写自己的人生，给了世人更多的激励。

面对他的境遇，我们不能不说我们是幸运的，因为我们有健全的身体；面对他，我们不能不说我们是渺小的，他与疾病抗战几十年，却在死时把自己有用的器官全部捐出。他让自己的生命在必然结束的时候绽放光华。

当一个人嗅到死亡的气味时，当一个人把每一天都作为自己生命中的最后一天的时候，应该让每一天都活得有质量、有意义。当第二天看到清晨的太阳，应该感到高兴，又迎来了新的一天。应该用快乐的心情面对每一件他生命中出现的情况，因为没有什么比死更大的事情了，因为在此你应该已经不畏惧死亡。因为死是一个必然会降临的节日，只不过我们不知道它会在哪一个时间到来，但在它没有降临之前，我们都应该用真诚的近乎于膜拜的心去面对生活。这样才会比较庄严地迎接这个节日的降临。

悲剧的力量

文 / 周其运

在文艺的殿堂里,我向来最为喜爱的就是文学作品,其他艺术形式多作为一种消遣闲暇或者调节心情的方式,因此对于书籍我一直都是很乐意阐述自己的观点,但对于其他文艺,却总是持有审慎态度,其中缘由固然很多,却成为一个由来已久的习惯。

一直有个心愿,真正静心研读自己期望已久的每一部文学佳作,其中尤其推崇古龙的文学风格,虽然经常不免透露出一丝诡谲乃至绝望似的无奈的叹息与感慨,但无可否认的是其中有一种难言的震撼与引力。

若非因为偶然的缘由,或许《天涯明月刀》这部在古龙的许多大块头重量级的作品中的之一,无论是书籍的研读,还是影视作品的接触的时点都要被无限期的延迟。其间,因为事务烦琐,因为经常心力俱疲,或者更确切地说我在不断放纵自己的懒散与堕落。

看过影视作品《天涯明月刀》,竟然感触颇多,而这种感觉也是在所有接触的此类作品中所鲜有和难以忘怀的。对于接触的作品向来有个习惯,先看收尾,在短暂的时点里若不能找出任何可以说服自己继续的必要,也就没了坚持的理由,很庆幸的是《天涯明月刀》这个电视剧对于不到二十万字的文学作品的改编来说,容量大为扩充,但又都是那样的环环相扣,步步惊心,富有节奏感,并不显得有丝毫的冗长累赘,这或许是最成功之处。

参照文学作品，这部影视作品的改编可谓是大刀阔斧到几乎另起炉灶的境地，却又不失文学作品本身的内涵与引力所在，其中最让人难以忘怀的不是血雨腥风的打斗场面，或者诡谲的心计较量中的明争暗斗，却是那个叫明月心的女子的宿命。

诚然，这个作品本身诠释的似乎就是一个悲剧，并且贯穿始终，因此一个美丽的女子被人为地塑造成了一个美丽与智慧的化身，成了"女诸葛"，只是这种才貌双全的完美品格却建立在了一个被逼迫着用种种冷酷的心结之上，于是在一群别样嘴脸装点下的亲近之人的欺骗下，把自己也几乎推倒在另一个彻底走向毁灭的沦落迷失的险途。虽然其中有过不忍，有过犹豫，但赤裸裸的残酷现实却把冰冷的世界一次次抛向她，把一切美好的夙愿击得粉碎。她几乎绝望，把自己的幸福寄托在了那个叫红花的妹妹的幸福追逐中，以此作为心灵的慰藉。

傅红雪的出现，让她在冲破藩篱枷锁中实现了质的飞跃，却始终未能得到想要的幸福，纵然看似那样的简单而平凡。难能可贵的是那种与生俱来的善良之心始终未被尘俗洗涤，因而面对一切的欺骗与伤害，选择了太多的隐忍与宽容，甚至是燕南飞的无耻欺骗，乃至红花让她从此失去光明。

至此，她似乎被定格成了一个真正完美的化身与绝唱，于是，在她双目失明的那一刻对红花的一席宽容言辞让人忍不住心中阵阵感动，好希望最后的结局是她那个宿求已久的幸福归宿。

可是，她最终未能如愿，让人忍不住会恨恨地想着编剧的残忍与冷酷，但从一种文艺的角度讲，这又是无可否认的成功的点睛之笔，也正是作品走向震撼的升华的真正绝招。这与许多美好的念想、最好的归宿就是始终作为念想的方式存在一样，打破一种美好的事物或许不免让人嗟叹、伤感，但往往定格的却是一种永恒的存在。

所以，至此我不得不很自相矛盾却又发自内心地说，不希望大家观看这个作品，因其悲惨的结局处带给人的不忍与悲痛，却又希望大家都有机会欣赏这个作品，因为从艺术的角度讲，这毕竟是部不可多得的佳作、精品，从中的收获必定不只道听途说或者想象的那么简单，一定会比这多得多。

灵魂的香味

文 / 郑洁

东风渐吹，马蹄声碎，雪花飞扬，在漫长的时间黑幕背后，一个个佝偻的身影在时明时灭的灯光中颤动，而历史的天空却绽放出一朵最美的雪莲。

——题记

巍巍的沂蒙山耸立起无私奉献的丰碑，滔滔沂河水诉说不尽沂蒙儿女对党的无限忠诚。守望历史的长河，那一个个震天撼地的事迹，不禁让我们骄傲。

这里，有一群母亲，她们送子参军、送夫支前、缝军衣、做军鞋、抬担架、推小车、舍生忘死救伤员，不遗余力抚养革命后代，谱写了一曲曲血乳交融的军民鱼水情——她们就是沂蒙红嫂。或许，在深夜她们会抬头望着那皎洁的月光，任凭泪水肆意流淌，她们心中那丝忧愁，我们不懂。

这里，曾有一段刻骨铭心的故事，有这样6个微弱的女子，在孟良崮战役中，为了掩护战士过桥，那瘦弱的肩膀搭起了一座坚实的桥。冰冷的河水没过了自己的身躯，但桥不曾有半点摇晃——这就是"沂蒙六姐妹"。或许，那刻她们内心也曾犹豫，但是为了人民，她们不顾个人安危，那份感情，我们何曾领会！

这里，有一个村子，被毛泽东评价为"村自卫战的典范"。1941年12月20日，一千多名装备精良的日伪军，烧杀抢掠无恶不作。村长林凡手持大刀指挥村民，同穷凶极恶的日寇展开激烈的巷战。他们的那份勇气，我们怎能明白！

在艰苦革命年代里，沂蒙人民在党的领导下，不屈不挠、顽强拼搏，用3100多人的生命和鲜血，创立了沂蒙山根据地，写下了光辉篇章，沂蒙人用小车推出了胜利，推出了新中国！

一道道浅浅的银河承载了千年的等待，一如流传了千年的寓言般遥远而永恒。在浅浅的银河中绽放出了一朵最美的雪莲——沂蒙精神！

记忆穿越百年，芬芳永留心间！

放弃平庸忠于职守

——读《把信送给加西亚》有感

文 / 王旭

> 书——我们的朋友，我们的良师……好的书能给我们带来无穷的乐趣，让我们的生活多一份色彩；好的书能给我们生活的启示，使我们的心灵时刻保持良好状态。
>
> ——题记

读了《把信送给加西亚》一书，我感受颇深。在当今社会，像罗文这样能把信送到加西亚手中的人真是太需要了。企业需要罗文，国家需要罗文、呼唤罗文、寻找罗文。

故事中的罗文，是美国陆军的一名年轻中尉，在美西的战争中，孤身一人，在没有任何护卫的情况下，冒着生命危险，历经艰难，终于把信交给了加西亚将军——一个掌握着决定性力量的人，出色地完成了这次重要任务。毫无疑问，罗文取得成功并不是因为他杰出的军事才能，而在于他优良的道德品质、顽强的勇气和不屈不挠的精神。这就是忠诚和主动，就是一种忠于职守、敬业服从的精神。

中国有句古话："天行健，君子以自强不息。"如今，大家都在谈论改革创新，但社会上有些人却不思进取，安于现状，懒散、没有责任心。

究其原因,就是缺乏一种对社会和生活的责任心、进取心和敬业心,所以,不要埋怨任何人,不要抱怨自己怀才不遇。放弃平庸,端正态度,树立经营、进取的精神,向罗文学习,以罗文为榜样,全心全意完成自己的任务——"把信送给加西亚",只有这样,我们的明天才会更美好。

梦想的真谛

——重读《根鸟》有感

文 / 董飞

没有泪水的人,他的眼睛是干涸的;没有希望的人,他的生命是空虚的;没有梦想的人,他的道路是黑暗的。

——题记

根鸟是曹文轩笔下的一个神话般的人物,而《根鸟》,则更是一本迷人、梦幻的小说。

初读此书,它便给我们留下了很深刻的印象。它带给我们的是一种毫无畏惧的勇气和毅力,接受命运的安排,需要我们的勇气和责任。在风雨中成长,在风雨中生活,一路上有数不尽的磨难,道不尽的坎坷。但是面对人生的考验,当痛苦来临时,我们不是惧怕,也不是倒下,而是在这之中去坚持,去克服,去品尝其中的多姿多味,享受一切,哪怕是再艰苦的过程。

如今,当我再次翻开这本略有残旧的书,细细品味,我又发现了其中暗藏的另一个秘密,那就是梦想。

茫茫沙漠中,你知道一棵小草的梦想吗?她渴望在这片毫无声息、一望无际的大沙漠中寻找水源,哪怕是一滴水。怀抱着这个信念,等待来年春的问候。

秋的气息里，候鸟南迁，你知道它们的梦想又是什么吗？它们渴望，在远方可以找到那温暖的太阳。它们丝毫没有停息，因为梦想赐予了它们一双美丽的翅膀。

根鸟也是，在漫长的路途中，它追逐着属于自己的梦。因为根鸟永远坚信，太阳总会在有梦的地方冉冉上升，月亮总是在有梦的地方渐渐朦胧……

小时候的我，很喜欢幻想，向往长大以后的生活。那时，单纯的我怀抱着一个又一个梦想，梦让我看到了很多很多，梦引领着我去追逐一个又一个人生目标。

德国革命家卢森堡曾经说过这样一句话："不管怎样的事，都请安静地愉快吧！这就是人生。我们要接受人生，勇敢地、大胆地、而且永远地微笑着。"请相信，有梦就会有远方！

孔子的缺陷

文 / 周其运

孔子被称为圣人，几乎是以完人身份面世的，可是人非圣贤，孔子身上同样有着许多缺点。

一、贪财

孔子招收学生方面可以说是大门敞开的，任何阶级任何身份的人都可以来。孙培青主编《中国教育史》，在这方面大做了一些文章，说孔丘"弟子的成分复杂，出身于不同的阶级和阶层。大多数出身于平民，如穷居陋巷箪食瓢饮的颜回，卞之野人以黎藿为食的子路，穷困至于三天不举火十年不制衣的曾参，居室蓬户不完上漏下湿的原宪，父为贱人家无置锥之地的仲弓"。但是孔子在收取学费方面绝不手软，大家请看论语中的记载：《论语·述而》载："子曰：'自行束修以上，吾未尝无诲焉。'"这里所谓"束修"，是古代一种见面礼。"修"是干肉，"束修"即一束干肉，每束十条。孔丘要学生初次见面至少送给他十条干肉，作为学费。后来就称学生给老师的学费为"束修"。现在，不知道每条干肉的重量，但是可以肯定至少不会少于一斤。一斤干肉条至少要两斤多新鲜肉。因此，十条干肉至少是二三十斤新鲜肉。因此，"束修"对于奴隶、小人来说不是小数字，是一条重要经济门槛。特别是奴隶当时的身价，据《曶鼎》记载："人口贩卖，实物交易时五个人抵'一匹马加一束丝'。""人价既贱于马价，仅及五分之一的光景。"（汉朝的人价也依然贱于马价）《史记·货殖列传》载："……马蹄千，牛千足，羊千双，僮千指千……此亦比千乘之家。"这说明直到西汉，仍存在人口买卖。奴隶自身还没有一匹马值钱，能拿出十条干肉去进孔家私学吗？所以，孔丘"有教无类"，广收门徒，在他从教三四十年，也只"广收"到三千门徒。当然，三千也不是个小数目，但是如无论无何，决不是"人人都可以入学受教育"。曾子的父亲曾点带着曾子到孔子那里求学，孔老夫子居然也不给打个折，学费照收。

还有一点，当时生产力水平极其低下的情况下，处于社会底层者常常衣不蔽体食不果腹，而食肉更成了遥不可及的事情，这几乎成为贵族的特权，因此许多资料干脆以肉食者代称贵族阶层，可见腊肉对于普通人是很沉重的经济负担。虽然孔子开创了广收门徒、不分贵贱的教育先河，打破了贵族的特权地位，可是代价也是非常巨大的。

《论语·先进篇》载："颜渊死，颜路请子之车以为之椁。子曰：'才不才，亦各言其子也。鲤也死，有棺无椁。吾不徒行以为之椁。以吾从大夫之后，不可徒行也'。"按当时奴隶社会等级制度，大夫出外必须乘车。孔丘此时虽不当官，但他自己仍要保留大夫身份，出门要乘车。即使自己的儿子和最得意的门徒死了，也不肯卖掉车子给他们买椁。

二、鄙视劳动迟请学稼

子曰："吾不如老农。"请学为圃。曰："吾不如老圃。"樊迟出。子曰："小人哉，樊须也！上好礼，则民莫敢不敬；上好义，则民莫敢不服；上好信，则民莫敢不用情。夫如是，则四方之民襁负其子而至矣，焉用稼？"

因此长此以往，导致所谓的读圣贤书的秀才手无缚鸡之力，四体不勤五谷不分，如果十年寒窗金榜题名倒还好，一旦功名没有着落，就几乎成为废人了。

三、嫉妒心强

《史记·孔子世家》，孔子为鲁司寇，"三月而诛少正卯"。

因为少正卯聚众讲学，使得"孔子之门三盈三虚"。少正卯宣传的是法家的一套，虚仁假义的东西受到了打击，少正卯声名太盛，孔子的弟子除颜回外都跑去听，于是这个文质彬彬的圣人拿起了刀，二话不说就诛杀了少正卯。于是乎，那些侮圣人之言的小人老实了。

孔子任代理宰相之职，把一个学者少正卯处死。罪状是什么呢？一共五条：（1）"心逆而险"。只是主观地认定他居心阴险，并无不法的行为。（2）"行僻而坚"。行为怪诞，不接受劝告，也构成死罪吗？（3）"言伪而辩"。说谎话而坚持是事实。（4）"记丑而博"。记忆力强，学问也渊博，但所知皆丑陋（不知犯了刑法哪一条）。（5）"顺非而泽"。自己的错误，却把它粉饰为好事（都可以不举证就定罪，且是死罪；真是欲加之罪，何患无词）。

这样的判决，没有一件有人证、有物证的具体犯罪事实，只是几句抽象的形容词，就定了人的死罪。少正卯了不起，就像今天放荡不羁的"嬉皮士"而已。只证明孔大圣人没有容人的雅量，缺乏政治家的风度，只能听歌功颂德的谀词而已。孔大圣人尚且如此，何况他以后的凡夫俗子，更是是非不分的冬烘头脑了。怪不得把包公当青天。因为头脑清楚，会判案的官太少了。是非曲直，量刑轻重，并无客观标准。

四、贪食

食不厌精,脍不厌细。斋食饐而餲,鱼馁而肉败,不食。色恶,不食。臭恶,不食。失饪,不食。不时,不食。割不正,不食。不得其酱,不食。知肉虽多,不使胜食气。唯酒无量,不及乱。沽酒市脯不食。

五、捧杀颜回

孔子有一位得意门生,名为颜回,孔子对他非常欣赏,常常赞不绝口地说:"贤哉!回也!"颜回一言一行、一举一动处处学习孔子,用颜回自己和话:"夫子步亦步,夫子趋亦趋,夫子驰亦驰。"意思是说,孔子走得慢,我也走得慢,孔子走得快,我也走得快,孔子跑,我也跑。

孔子对学生的要求是举一反三,他对颜回的评价是举一反十。

也许颜回脑子有点毛病,老师夸他简朴就越发的简朴了,平时吃方便面够没营养的了,老师一夸他,还把饭量给减了。就这样老师越夸自己就越来劲,结果年纪轻轻的就死了。

六、薄情寡义

整个封建社会,就是男权极度扭曲变形的社会,所以女子被几度轻视,而这个传统可以追溯到孔子。孔子随便把妻子给休了,结果呢?口口声声喊着孝道的他竟然不许儿子去探望自己的亲生母亲,还说她被孔家休了,就和孔家没有任何关系了,简直达到不讲理的程度。所以,后来的弟子在这方面一个比一个学习得有进步,有出息。孟子偶然进屋看见妻子蹲在地上,立即不高兴,以为太不雅,有伤风化,决定休了,这什么理由啊，又没人请你看，是你自己冒冒失失的结果，非要自显清高，倒打一耙，结果弄得他的老妈都看不下去了，老太太出面阻止，他的无理取闹行为才未得逞，但是到了曾子那儿却也跟着学会了。曾子因妻子"梨蒸不熟"而休之，其休妻理由实在有点荒唐。

七、教子无方

儒家有句经典叫作子不教父之过，暂且不谈有无道理，单就孔子对于儿子的教育就是相当失败和让人汗颜的。

孔鲤（前532年—前481年），字伯鱼，孔子的儿子，因其诞时鲁昭公赐孔子一尾鲤鱼而得名。孔子的儿子孔鲤一生碌碌无为，没什么建树，而其孙孔伋成就远远超过其父。他不以为耻，反而深感荣耀地对老爹孔子说："你儿不如我儿。"对其子孔伋说："你父不如我父。"

可是，孔鲤在休妻上则丝毫不逊色于自己的老爹。据传孔子是以"口多言"为理由休妻，这个理由或许是"莫须有"！孔鲤的生母被孔子所休，孔鲤自己也把孔伋（子思）的母亲休了，理由当然在"七出"之内。

可是孔子的孙子、《中庸》的作者子思，则比祖先们做得更绝，其"出妻"死后干脆不让其子孔白（子上）"丧其母"。

子思的意思是，"我已经把她休了，她就不再是我老婆了，也就不是子上的母亲喽。"所以不必为之守丧。

假如给我十年假期

——《长达十年的假期》读后感

文 / 李思奇

"太阳每天都是新的,阅读也是,收获也是。毛小懋。"映入眼帘的几个大字,勾起了我少女般无限遐想的心。今天,我想以我这个有着九年学龄的资深学生身份,来谈谈假期这个激动人心的话题。

打开扉页,毛老师的亲笔笔迹让我雀跃!是啊!太阳每天都是新的,阅读也是,收获也是。在那淡淡墨香中,我仿佛又嗅到了一种奇妙的气味。是苦是甜?我也说不清,总之,十年假期是不是一个好事呢?

假如给我十年假期。我想我一定会去尽情的阅读那些一直眼巴巴想要读的书!然后,我会写大量的文字,记录我的青春。让青春就这样流淌在白纸黑字间吧!

假如给我十年假期,我一定要好好珍惜睡眠!我不会去熬到深夜,只为一道费解的几何题!还有,重要的一条是,在这长达十年的假期里,一定不要有作业了!

这,就是作为一个学生的我伟大的梦想。但我知道,梦想与现实总有一条分明的界线,梦想就是在我们做梦的时候想出来的。好吧!我又在胡言乱语了,那么随我一同到书中寻找一个完美的答案吧!

你相信穿越吗?看了米小杨的故事,我算是相信了。只要钻进那个银杏树的大树洞里，就可以实现穿越。米小杨想和冯楚楚做好朋友，冯楚楚是米小杨心目中的"偶像"，他希望和她成为同龄人！

秃顶的图书室管理员陈永恒给米小杨出了妙点子！只要让冯楚楚钻进树洞，十年以后再钻出来，那时候米小杨就已经长大十岁了，而冯楚楚就还是原来的模样，他们就可以变成同龄人了！

这是一个很有趣的点子！但是，要想成功穿越也不是那么容易的一件事。因为如果你回到过去遇上了曾经的那个自己，就会有时光灾难。但是聪明的米小杨想出了种种好办法，他发现穿越到未来或过去是和风向有关系的。这个发现让米小杨大喜，并且有陈永恒帮助计算精准的时间。这下，穿越可就有了十足的把握。

但是冯楚楚同不同意穿越呢？这还真是个问题，为此米小杨可伤透了脑筋，费劲了口舌。就差把黑煤球说成白豆腐了。在米小杨种种的努力下，冯楚楚竟然同意了，并且和老师、家长、同学都打好了招呼，一切都准备完善了。

不过，最让我惊心动魄的是在大海逃难。说到底，都怪米小杨太大意了！

冯楚楚特别喜欢海边的贝壳，米小杨想法设法地问到了捡贝壳最好的地点，冒着生命危险带着冯楚楚一起去捡贝壳了。但是由于米小杨太贪心了，没有在计划的时间内回来。大海长潮了。在生命的边缘，米小杨发挥了他的聪明才智——穿越到了过去的时间。不过，还是晚了一点点。看到这里，我的手心捏了一把汗。好险好险！米小杨成了冯楚楚的救命恩人。

冯楚楚和米小杨说："有时候我也觉得你真有点儿自私，比如那次在同学会上，你让我钻进树洞，等你十年。但是，现在的我忽然发现，原来在关键时刻你非常的无私，舍己为人，很了不起！"

这是冯楚楚的原话。也是她的心里话，是啊！米小杨的确有点自私了，十年是一个多么漫长的时间啊！不过在关键时刻，米小杨又是如此的够意思，冯楚楚和米小杨说了心里话后，我觉得他们的友情更近了一步。

作者的笔墨变的传奇起来！最后，冯楚楚同意进入到树洞了。那夜，米小杨死死地守在洞口，生怕冯楚楚随时反悔。他们约定好十年，十年后的今天米小杨一定会在洞口等她的。

我一口气看完了整本书，但还觉得意犹未尽。真是期待米小杨和冯楚楚的穿越奇旅啊！

"他想，等到冯楚楚钻出树洞的时候，世界会变成什么样呢？"这本书，就到此结束了，可是这十年假期还未结束！

善恶之异天下殊

——读《中国通史》有感

文 / 荆卓然

从小我就爱看历史电视连续剧，看了上集往往急着想知道下集的内容。于是中国档案出版社出版的《中国通史》（图鉴版）便成了我的枕边之爱。不知不觉，我半懂半不懂地竟然将数十万字的《中国通史》看了好几遍。当时看只是看个红火热闹，现在静下心来，仔细一琢磨，发现历朝历代施善政者天下太平，施恶政者民不聊生。善政和恶政虽然只是一字之差，治理天下的效果却截然不同。

施行善政者中李世民、康熙当为佼佼者。前者创下了贞观之治，后者创下了大清盛世。李世民军事才能卓越，统一中国；扩充教育机构，笼络国家人才；精简机构，改革三省六部；积极听取群臣的意见，以文治天下，并开疆拓土，虚心纳谏，在国内厉行节约，使百姓能够休养生息政治清明，开创了贞观之治的治国典范。他设立的弘文馆，聚四部群书20余万卷；推行的均田制，稳定了农业，减轻了人民的负担。

贞观时期在李世民的治理下，社会夜不闭户，道不拾遗。632年末，朝廷准许全国290名死刑犯回家办理后事，明年秋天再回来就死（古时秋天行刑）。633年九月，290个囚犯全部回还，无一逃亡。

你瞧瞧，明明知道返回去就没有命了，这些人为什么还要返回去甘愿受死——司法公正、社会公平、人民安居乐业当是一个重要的缘由。

这样的事例，除了李世民时代出现过，其他朝代的死囚犯都是戴着脚镣手铐还想插翅而飞，谁还会自己回来受死啊！虽然李世民杀死自己的兄长——太子李建成，还有四弟齐王李元吉及二人诸子，在历史上留下了非议，但是他以数人之死，换来了江山的稳定和人民免遭战争灾难的安详，其之决断与行为还是属于正能量的。

康熙也是施行善政的皇帝之一，削三藩，收台湾，废止"圈田令"，轻徭薄赋，亲自视察公共工程的质量，宽赦民间囚犯，严惩官吏腐败，深入民间微服私访，居然学会了13个省的方言。康熙靠善政在位60多年，使中国成为了当时世界上最强大、最富裕的国家。

恶政者中秦始皇、杨广最为著名。前者曾经焚书坑儒，后者滥用民力。秦始皇嬴政（前259年-前210年）13岁继承王位，39岁称皇帝，在位37年。这位首位完成华夏大一统，建造了首个多民族的中央集权国家的铁腕政治人物，却因为巡游求仙，修建长城，焚书坑儒，劳民伤财，大兴土木建阿房宫和骊山墓，使民众苦不堪言，为秦朝的灭忘掘下了坟墓。

另一位暴君是隋炀帝杨广（569-618年）。在位期间他好大喜功、穷奢极欲，据研究仅从604-608年短短4年间，他就动用了近540多万民力修建大运河，并于大业八年（612年）征集三十万军队攻打高句丽，几乎动用了举国之力，最终于611年引发民众乃至贵族大规模的起义——隋末民变。618年杨广在江都被部下缢杀。率性而为，唯我独尊，将杨广送上了历史的绞刑架。

得民心者得天下，失民心者失天下。一部《中国通史》就是一面可观历史兴衰的镜子，爱民尊民者成，欺民贱民者败，善恶之异天下殊，还真不是闹着玩的。

《骆驼祥子》读后感

文 / 翟阳

  《骆驼祥子》是老舍先生在20世纪30年代的代表作，小说以20年代的旧北京为背景，讲述了人力车夫祥子一生的几起几落。

  祥子在城里努力地拉车三年，辛辛苦苦终于攒够了买车的钱后，他用自己的血汗钱买了一辆属于自己的车，但不久就被大兵们抢去，自己也被大兵抓了去。后来他趁机逃了出来，拉回三匹骆驼，卖了三十五块钱，他又开始了自己的努力拉车赚钱的买车梦，但又被孙侦探敲诈了。穷困潦倒的祥子，娶了自己并不喜欢的老姑娘虎妞，然后用虎妞的钱买了一辆车。不幸的是虎妞因难产而死，祥子不得不把车卖掉安葬虎妞。虎妞死了，祥子喜欢的小福子也在"白房子"里上吊自杀了，祥子的最后一线希望彻底断绝了。从此祥子走向放纵，他抽烟、喝酒、赌博、耍无赖，落了一身的脏病，变成了彻头彻尾的"刺儿头"，变成了一个懒惰狡猾、极端自私的行尸走肉般的游魂。为了钱，他撕破脸皮向同行朋友以及以前的主顾借钱、撒谎、赖账，不怕丧失了自己的信用；为了钱他甚至不惜出卖性命，连基本的人格都不要了。祥子一步一步滑入堕落的深渊。

  《骆驼祥子》通过人力车夫祥子一生起落，最终走向沉沦的悲惨遭遇，表现了半殖民地半封建的旧中国社会下层人民的悲苦命运，有力地揭露了社会的黑暗。祥子的遭遇证明了生活在那个时代里的劳动人民，想通过自己的勤劳和个人奋斗来改变自己的处境,是根本不可能的。

祥子的时代一去不复返了,我们生活在幸福的时代,一定要珍惜现在美好的生活,好好学习,努力成为社会的有用之才。

坚持，成功的翅膀

——读《一头灵魂出窍的猪》有感

文 / 黄鑫晨

> 有一本书叫《一头灵魂出窍的猪》，有一头猪叫"黑旋风"，有一种精神叫坚持不懈。
>
> ——题记

"黑旋风"是马小跳他奶奶家的一头很酷的黑猪，跑起来像风一样快。它很神秘，每天早出晚归，谁也不知道它干了些什么。它跟一般的猪最大的不同之处是它有理想，想要学会溜冰，还梦想能飞翔。

地震过后，一直没有关于"黑旋风"的消息，历尽千辛万苦的笑猫终于找到了它。每天，来自世界各地的游客纷纷慕名到公馆来参观这头"世界上最坚强的猪"，人们甚至准备为"黑旋风"举行一场盛大的颁奖仪式……

"黑旋风"被压在废墟下面整整八天八夜，身子动弹不得。饿了这么多天，甚至变成了"排骨猪"。正因为它拥有坚持不懈的精神，才成了所有人眼中"最坚强的猪"。再说说我吧，记得去年，比我小两三岁的小孩都已经学会骑自行车了，我还不会。在暑假里，我白天做作业，晚上练上一个小时的自行车。经过大半个月的刻苦努力，真是功夫不负有心人哪，我终于学会骑自行车了。那可是我用鲜血和汗水换来的呀！不知道摔过多少次跤，不知道擦破多少次皮，不知道留下多少瘀青……

昆虫学家法布尔小时候常常捡一些奇形怪状的昆虫来观察。可是他的父母不同意，时不时还拿出"男女混合双骂"撒手锏。法布尔才不轻易屈服呢，他坚持不懈，最后成了伟大的昆虫学家，并写成了世界名著《昆虫记》。

让我们一起展开用坚持不懈编织的翅膀，去飞向崇高的理想！

司马迁考妻的故事

文 / 匡天龙

汉武帝时,大将军李广利派人给太史令司马迁送来一块晶莹剔透的美玉,司马迁赞不绝口,欣喜万分,夫人见状探问道:"莫非大人想收下此玉?"司马迁笑道:"收下又如何?如今受贿已成风,两袖清风者能有几人?"夫人听罢愤然作色道:"送礼受贿,乃小人所为,大人一贯深恶痛绝,今日为何自食其言?"司马迁笑道:"我只是故意考考夫人罢了。"随即将美玉退还来人。面对夫人的批评,司马迁以笑应对,并欣然接受。善待批评,成就了"司马迁考妻"的佳话。

俗话说"树不修不成材,玉不琢不成器"。从这个意义上讲,批评你就是帮你砍掉自身多余的"枝条",使之茁壮成长;批评你就是帮你改正身上的缺点和毛病,把你"雕琢"成一块有价值的美玉。

批评也可以说是我们思想上的保健医生,当自己躺在功劳簿上洋洋自得时,批评是一剂使自己清醒的良药;当自己遭遇挫折萎靡不振时,批评是使自己辨明方向,重新振作的动力;当自己工作中出了问题时,批评能使自己汲取教训,忠于职守;当自己违反纪律时,批评将拉自己一把,以免滑向错误的深渊……

陈毅元帅在一首诗中说:"一喜得帮助,周围是友情,难得是诤友,当面敢批评。"这是对敢于批评、勇于接受批评者的赞扬。其实,每个人的功过是非,都是一种客观存在,虚心的接受批评,丢掉的不是面子,而是错误,得到的却是进步。只要我们能善待批评,善于"取其精华、舍其糟粕",我们的生活和事业就会取得双丰收。

表姐们的后现代传统人生

文／如风

> 古时的女子，嫁人，就是嫁给了一种命运。当代的女子，许多也延续了古人的习惯。
>
> ——题记

大表姐终于结婚了，这不仅是舅舅家的大事，也是全村的大事。因为大表姐不仅容貌出众，而且是全村唯一的一名大学毕业生，她是全村人的骄傲。然而这份骄傲在她出嫁之前并没给家里带来什么实质性快乐，由于过于封闭和单一的生活使得她与外界脱离，成了被污染的池塘里缺氧的鱼，呼吸都困难，但却活着；又像是井底之蛙，连井盖都盖上了，巴掌大的天也看不到。所以，她竟然到30岁也没有嫁出去，这在村里是空前肯定也是绝后的事情。也幸亏她读了大学，这个冠冕堂皇的藉口，掺杂了乡亲们对知识分子的敬仰和宽容，所以非议并不是太多，这也成了表姐婚事一拖再拖的理由。

大表姐上大学时，我才上中学。那时候村里的女孩子能上到高中已经很了不起了，谁会料到一个漂亮苗条的女孩子不想着嫁人，却一心读书呢？

大表姐大学毕业分配到镇里一家企业当秘书。那个镇在小城与村子之外，所以时常，大表姐在上下班周末回家的时候会到我家来坐坐或住上一晚。大表姐一直活在别人的艳羡和称赞中,这使得她水灵灵的大眼睛更增添了神采。可是,一日,当我放学回家,竟发现她极为伤心地趴在炕上哭,她的身体颤抖着,像夏日里偶尔被微风拂过的荷叶一样。

我呆站在那里,不知是否该叫她,也不知是否该让她知道我的突然出现。女人都是异常敏感的,正在我不知所措时,大表姐的第六感觉仿佛觉察到了什么,然后转过头,看到我,但她并未忍住抽泣,只是擦了擦眼泪。

"小凤,放学了。"我点点头。"凤,你不知道,我有多难……"她似乎下决心和我说点什么,可刚一开头,又哭了起来:"单位里人际关系真复杂,那真不是人呆的地儿,整个一个大观园。有王熙凤:明里一把火,暗里一把刀,嘴上说你好,脚下使绊子;有赵姨娘,自己没地位、没德行,不知轻重,却死皮赖脸的要引起别人的尊重和关注。我刚来,也不敢说什么,也得应承着。有王夫人,表面慈眉善目,一片菩萨心肠,可是要动起心眼儿来,那真是整死人——让你无话可说,无处可逃,明明是她的错,竟被说成是你的问题,而且还让你心服口服。单位的事儿够闹心的,工资就那么可怜的一点儿,还时常发不下来,要拖延。你妗子暗示我要买件新棉袄,我哪有钱哪?虽说是住单位宿舍,可是,刚刚工作,哪样不添点?同事之间生日、结婚、孩子满月,甚至家里有点红白事都得送礼。要不,以后可咋过?单位的事,你不懂,等你工作了,你就知道厉害了,得天天夹着尾巴做人。你妗子天天唠叨我,让我赶紧找个对象。我也想啊,可到哪儿找呢?和我一起上学的人在我上大学时都结婚了,孩子都有了,村之外的人也没接触过……大学里有个同学,可他让我跟他回家,你舅供我上了这么多年学,我要是对他们撒手不管嫁到他乡,村里人不得说死我。再说,我到他家去过一次,比咱村还穷。"表姐委屈的什么似的,说完又呜咽起来。

我唯一能做的就是为她递一块干净的手帕。

"镇子上，虽说比村里大些，可举目无亲的，到哪儿找？而且那里的人可不比村里，心眼多，谁知道他们打的什么主意？又没个知根知底的人帮衬着……风，你不知道我心里有多苦。"

看表姐哭泣的程度，知道她是苦的，但理解不了这苦的内涵。才上中学的我可不会想到大学毕业后还会面临那么多问题，我当时只被教育到好好读书，考大学这一层，至于考上大学之后的事情，家里和学校是一样也没说。

我是不信命的。可按村里人的说法，就是大表姐命不好，才上了一年班，工资还没发全，企业就倒闭了，单位自然也不存在了。大表姐又像上大学之前那样住进了她和二表姐共同的闺房。

那时候，大学毕业都是分配，学生就像后娘养的，扔你到一个单位就算尽了抚养的责任，生死由命，好赖在天，单位如果出了问题，你也是一条漏船里的鱼，能不能跳出来就看各自的本事了。

大表姐回家那天，也是全村的大事，看着舅和大表姐拎着几兜行李垂头丧气的回了家，村里人着实得了一把谈资。

"我就说嘛，闺女家，读什么书，找个好人家嫁了才是正理。"

"也别这样说，村里好歹能出个女大学生，也不容易。"

"是啊，这闺女命不好，才一年，单位咋就没了呢？"

"她跟俺家小四同学，小时候可要好了，本来还寻思着跟他们老王家做个亲家。唉，现在，我那小四的孩子都三岁了。"

表姐回了从前的家，住的是从前的地儿，吃的是从前的饭，干的是从前的活，可想的却完全不是从前的事儿了。她本来就沉默寡言，现在话更是少的可怜，与家里人答话像是结巴，有上句没下句的。农活又做不上来，自小上学，十六年了，根本没下过地，好在她在寒暑假时跟别人学过裁剪，就拣起来，收拾了一间屋子，开始给村里人做衣服。这一做就是六年。

那么等待她的或者说活着的唯一一个目标就是出嫁。她自命清高，普通的庄嫁汉看不上，离异的虽然家庭条件好，但她又不想做后妈。她想嫁到城里，又没有接触过那个圈子里的人，也没有什么亲戚在城里，所以就耽搁了，这一耽搁就是六年。

不知何时，村里引进了基督教。大概为了排解忧愁和苦闷，表姐开始信基督。由于表姐信的过于诚恳，以至于一祷告起来，浑身颤抖，涕泪横流，歇斯底里。我们这里的教徒大都如此。祷告时跪在垫子上，面对着耶稣像，双手紧握，头垂到膝盖，嘴里说着常人听不懂的语言——他们自称是与圣灵对话——那根本不是语言，只是一些响声词，被组合在一起，从窗外听了像是哭丧一样，细听听，只是暴雨的前奏，没什么主旋律。表姐信的诚心，苦水多，每次祷告都像脱了层皮，泪流满面。

就这样，在每周一三五晚和周末的祷告声中，表姐度过了平静的花样年华。

在大表姐的祷告声中，二表姐出嫁了。

二表姐人更美，那身段——唉，不必多说，从村里人送给她的外号就能见分晓——赛江南。二表姐高中毕业，没考上大学，复读了一年还是没考上。她家里的经济条件也只能供一个大学生。于是，她就和其他的农村女子一样下地干活了。不同的是她带着明星般的身段儿哈着腰在田里插秧，带着九年深厚的知识下地干活，比一个字不识的女人要秀气。那秧苗经过她的手一摸，就透着书卷味儿。有她的身影在田里，似乎干活也没那么枯燥。对年轻小伙子来说，她就是活脱脱的电视剧的主人公。村里人都说，看着她，连墙上的美女图都不用贴了！若在村里，她一定会嫁个好人家，说媒的已经踏破了门槛——二

舅已经修了三次。

然而二表姐心气儿高，一心想嫁到城里。因为那样不仅可以不用再下地干活，而且可以做个体面的城里人，过个十年二十年的，再把父母接到城里，让其他村里人羡慕的喝水都觉得塞牙，透着极度嫉妒的气儿。二表姐一想到这儿，就不自觉的笑起来。天哪，可不要随便笑，因为这笑会使刚插好的秧苗也倒向了一边，偷瞄她的小伙子没提防她这一笑，竟愣在那里。前面插秧的老婆婆哪知道这些微秒的变化，只知道循规蹈矩的往后插，没成想插到了一只脚上，她顺着脚往上看，却看到一只呆鹅，再顺着目光看去，看到赛江南的微笑。老婆婆年纪六十多了，啥事不明白，她犯了童心，用手指捅了一下那只呆鹅的腰，后者肯定没提防，整个人儿仰到了水里，大家都笑的前仰后合，小伙子脸红了，二表姐脸也红了。

二表姐挑花了眼，错过了好时候。渐渐地，同龄的小伙子都结婚生子了，选择范围越来越小，与大表姐一样，城里的男人结识的人少，自然可选性也少。后来好歹有人给介绍了个城里男人，年纪倒不小，32岁了，但长的比较年轻，模样也说的过去，个头也不低。于是，二表姐住到城里的一个同学家，开始了与他的恋爱。没过多久，他带着二表姐去了趟省城，买了几件结婚的衣服和给家里的礼品，回来轰动了全村，在村里人的问长问短的缝隙中，舅妈享受到了极度的虚荣，骄傲的微笑挂在嘴角迟迟的不肯收回，像个弥勒佛似的。

然而这件事之后，这笑容就极少的在舅妈脸上出现了。舅妈没读过书，没人告诉她生活哲学，农村人都是用一生去实践，去一点点地感受哲学的力量和奥秘，然而没有人知道理论来源，所以一个农村里生长大的七十岁的老者的智慧和思想顶得上一个年轻刚出道的尼采或者萨特——前者用一生去体验哲学，后者用知识和理论构思哲学。舅妈不知道这结婚是个瞬间动词，由女儿结婚带来的狂喜和自豪也是瞬间的，充其量存在婚礼那一天，然而当真正的婚姻生活开始后，随着女儿们的不同的烦恼的呈现，她的虚荣和骄傲便荡然无存。

二表姐结婚当年就生了个儿子，舅妈喜忧参半，一向好面子的舅妈知道村里人都算得出来这孩子成形于婚前。翻翻日历，当是去省城那次。舅妈的弥勒佛似的微笑收敛了一半，好歹结了婚，别人也说不出什么。

大表姐信主信的虔诚的过分，忠贞的过分，直到35岁，才好歹在别人的介绍下找了个城里的单身汉。媒人说这是天作之合，对方似乎就是为等大表姐才没结婚。大表姐结婚那天，正好是暑假，我是没有理由不去参加的。

大表姐一打扮真是好看，村里人都在赞美着她，舅妈本应该高兴，可怎么也提不起精神。大表姐没有去理发店做头发，只让村里的一个在城里学了点手艺的小芹给简单弄了下，才花了十块钱，化妆则是自己无师自通的。大表姐从没化过妆，不知道怎么画唇。"我来试试，"我接过唇线笔和口红，一招一式地描起来。"哟，这在省城上大学的就是不一样，这有模子有眼的，真是咱们种地的女孩子学不来的。"

"终于嫁出去了，"舅妈长叹一口气，所有的心事都了了。

"多享了十年的福，还不知足。"

"是啊，是啊，我女儿二十二就出嫁了。过年过节才回家一次。"

舅妈尽量使脸上堆砌着艰难的微笑。

寒假回村儿里看外婆，顺道看看舅妈，大表姐竟也在，我满心欢喜地扑上去，却发现她满脸愁容。舅妈在一旁哀声叹气，舅舅的脸耷拉到地上。看我来了，强颜欢笑："小风放假了，快毕业了吧。"

"嗯，明年。怎么了……"

"你是大学生,也不瞒你,你评评理,才过门没几个月,你姐夫竟然动手了。"

舅妈落下了心疼的眼泪,"这个挨千刀的,多好的闺女,村里数一数二的人品,又是大学生,竟然不比别的农村女孩……"

我怒从心中起,"怎么能这样呢?什么年代了?表姐,你就忍着?"

"怎么办?我打不过?娘家也不在城里……"大表姐哭了。

正说着,门开了,暑假时的新郎走进来,"爸、妈,我来接……"一看氛围不对,刹住了口。

我一个箭步冲上去,"我先不叫你姐夫,我以一个平等的人的权利与你对话,为什么打人?"

"我……"姐夫堆起瞒脸笑容,"我这不是,知道错了……"

我恨恨地舒了一口气,"你得保证下不为例,永不再犯。"

"小凤,你能不能通俗点……"看着姐夫一脸窘相,舅舅舅妈彼此对视下,无奈的苦笑下,嫁出去的闺女不能长期住在娘家,否则村里会有闲话。"走吧,自己照顾自己。"

"爸、妈,你们放心,我决不再犯傻,这样好的媳妇,上次是喝多了酒……"

"知道就好!"舅妈郑重地说。

回到城里,一进家门,见二表姐带孩子也在我家。一见到我,二表姐的孩子冰冰就扑上来,"阿姨,"小脚叭嗒叭嗒踩着银铃一般。"冰冰来啦,也不告诉阿姨,阿姨去给你买好吃的。""我刚给他买了一堆,"妈说着,给我拿来拖鞋。

二表姐不太高兴,脸上有和大表姐一样的愁容。"那个老不死的,敢对我动手。我虽打不过他,用穿着高跟鞋的脚踢了他几下,看他痛的弯下身去,活该!""你呀,从小脾气倔,吃不得亏。""那就由他打?""那倒也不是。但愿没有这些事,就好了,夫妻间大打出手,伤和气,伤孩子的心。""大姑,你别多心,我在城里没地儿去,这里就是娘家。"二表姐哭了起来。妈忙去哄她"想哪去了?我当然想你好。我也没什么朋友,你天天来坐,我也欢喜。"

　　毕业后,我去上海工作了。

　　两年后的寒假我回家看望爸妈。那天我还没起床,二表姐就来了。我忙把在上海时打理的几件衣服、几支化妆品送给了她。她开心极了,趁我收拾自己的空,她和妈聊起了家常。

　　她变了,身材开始臃肿,脸本来是鹅蛋脸儿,现在成了皮球脸,皮肤也粗糙了很多,眼角也有了皱纹。只是谈论的话题没变,谈的还是谁谁嫁了个有钱的长贵的,过的是如何好的生活;谁在市委当官,住了很大的楼,找了个开影楼的丈夫,过的是县城上等人的生活,出差都带着保姆;谁在城西,住着别墅,开着宝马,穿着貂皮……她们把这归结为命。

　　我一边洗脸,一边听着。冰冰在客厅自己玩。

　　"我如果生在城里的话会比她们都混的好,家里人也借得上光。大姑,张玉芝家的小萍,人不出奇,找了个比她大十几岁的,家里人都反对,但一知道他很有钱,马上就变了模样。结婚后还真争气,把丈母娘接到城里,天天洗桑拿。啧,真是令人羡慕;还有你们在村里住的时候的邻居小影,长的那么漂亮,却找了一个当保姆的男人,一个月300块,房子都没有,住她妈家,还有了孩子,而这个男人又矮又不好看;小英男人虽然穷,可是人家长得帅,哎哟,一米八的大个子,眼睛像刘德华一样;小玲本来是在夜总会当招待,结果被一个大老板看上了,做了他的小秘,就是小老婆,住着楼房,开着小车,别提多招摇了……"

　　这时,冰冰不知怎地嗑倒了,哇哇大哭起来,"怎么了?我的小祖宗……"二表姐一边说，一边跑过去，依然絮絮叨叨的，"小凤，你可不能学我，你一定得找个有钱的男人。结婚前，想的都是爱情，结婚后，缺钱了才知道钱最重要……"二表姐扶起儿子，"都是因为你，要不是被你爸占了便宜，哪能落的现在这个模样？"

"表姐！这话不能当着冰冰说。"

"他那么小，懂什么？"

"小？孩子一满月就能明白大人的话了。这叫幼儿教育。"

"哟，这上了学的，到了大城市的人就是不一样，一个小孩子能懂什么？咱们不都是这么过来的？教育？能考上大学，我就算对得起他了。他要是懂，就不应该在不该来的时候出来。"二表姐为冰冰掸了掸身上的灰尘。"要不是他，我也能找个有钱的男人，过上好日子……"

亲眼看到大表姐和二表姐的人生及变化，我收获的教训就是：女人，千万不要把自己的幸福建立在对婚姻的依赖上面，女人，也不要把婚姻变成自己全部的人生。人生丰富多彩，不只嫁人、生子这点儿事，人活着，是为了寻找——寻找活着的意义；人活着，是为了创造——创造精彩的人生。还有，女人，一切要靠自己！

校园文摘系列丛书征稿

阅读可以使学生增长见识，可以提高学生写作水平；阅读可以陶冶学生性情，使学生变得温文尔雅、富有修养；阅读可以给学生带来无限遐想和乐趣，给学生带来智慧源泉和精神力量；阅读可以磨炼学生意志，让学生的心灵逐渐充实、成熟。

为满足广大读者要求，中央编译出版社将继续开展"校园文摘系列丛书"征稿活动，让我们从"学生阅读"读起，从朴实无华、意蕴丰富的文字中感受阅读的魅力。

一 征文对象及内容

征稿对象为全国大中学生。可以个人投稿，也可以学校、班级或文学社团为单位组织供稿。作品的体裁、内容不作任何限制。篇幅限 1300-2500 字之间。优秀来稿将分别入选面向全国发行的"校园文摘系列丛书"。

二 征文要求

1. 文笔流畅，有真情实感，活泼新颖。
2. 投稿作品必须是本人原创，不得抄袭、套改。如涉及法律问题，由作者本人负责。

三 投稿时间

即日起至 2018 年 12 月 30 日止。

四 投稿须知

1. 投稿限发 word 文档电子稿。每人可投 3~5 篇。优秀作品可根据题材分别入选多本图书相关栏目。
2. 来稿在文末附上以下内容：文章标题、作者姓名、邮寄地址、电子信箱、电话、QQ。
3. 来稿在 90 天内未收到采用通知的作者，稿件自行处理，三个月内请勿一稿多投！
4. 所有来稿均视为作者已同意本作品选编入中央编译出版社相关图书。不同意以上约定的作者请勿来稿。

电子邮箱： cctp8299288@163.com
作者交流 QQ 群： 63601654

著名少年作家万亿新作《我在成都等你》即将与读者见面

万亿，一个16岁的少年，已出版6本小说。这位小作者似乎在继承韩寒，郭敬明等青年作家的衣钵，秉承他们对青春、对人生的一贯写作手法，将自己的感受丰富化而已。

"清晨的阳光落在他脸上，光影从额头沿着眉心迤逦向下，经过秀挺的鼻梁，微微弯起弧度的嘴唇，最后汇集到眼睛里，浓密的长睫不停震颤，为眼睑下覆上阴影，却遮不住他瞳孔里潋滟流转的光。"

一眼看去，谁会料见这出自于一位16岁孩子的手笔呢？固然，其文章的手法带有漫画性，但也正是如此，才使本书特征凸显无疑。就像电影《致青春》一般，没有什么惊世骇俗的人生哲理，就是一股清流，一首简单的青春之歌。

暗恋，执着，迷惘。这些词都被作者熟练的揉捏于青春故事中。发酵成一种芬芳！

《作文36技》学生写作必备图书

《作文36技》是一本非常受学生欢迎的图书。该书共分36个专题，每个专题都分为"名家垂范""名师指点""名题演练""名卷展示"四个板块。乍看只是总结了一些写作的技巧，细究却分明提出了一种语文教学的新思路：从阅读走向写作。

这本书的问世，填补了目前中学作文教材的一项空白！相信青少年朋友们能从这本书中获得启示，去抒写自己芬芳而绚烂的人生！教育界多位专家推荐此书！

定价：38元　全国各地新华书店有售

书　名：《超脱考试做领袖》
作　者：陈济安
定　价：30元

　　郭传杰、冯恩洪、毕诚等著名教育家认为：《超脱考试做领袖》一书非常适合大中学生、教师、家长和有志青年阅读参考，称此书是一部不可多得的励志佳作。
　　该书是一部"教人识道用器，学会学习、少有相似，独创一帜"的原创佳作。

《创新中国教育》教你如何考上国际名校

一位耶鲁毕业生教你如何考上国际名校

讲述发生在北京大学附属中学、深圳中学创新教育的故事

培养学生创能力的成功探索

  本书以通俗易懂的语言、严谨的结构，记述了作者在中国教育改革之路的成功和失败，目的在于让中国的家长、老师、学生以及更多关注中国教育的人们明白，在当今的中国为什么改革如此重要，以及它是如何一步一步成为现实的。本书对改变学生学习方法、推进中国教育改革具有非常重要的参考价值。

  被誉为"全世界教育之父"的安德里亚斯·施莱歇尔教授（Andreas Schleicher）如此评价《创新中国教育》：

  "在中国，给予我最深刻印象的是北京大学附属中学的国际部。相信《创新中国教育》这本书的读者，能通过书中的亲身经历，了解到他们是如何进行实践并达到目标的。在探索未知世界的同时，北京大学附属中学也将世界带入了中国，为中国的下一代，将纯粹复制学科内容的教育改革为培养学生实际生活能力的教育；将为国家服务的教育转变成为全球与当地社区服务的公民教育；将为考试而竞争的教育转向加强学生能力培养的教育；将情景价值观的教育——我将做现实环境允许做的事情——更新为可持续价值观的教育。相信这样的教育将能帮助中国的下一代更好地进行协调适应——带着无限的可持续性，将一个失衡的世界归于平衡与和谐。"

定价：39元　　当当网、京东网、卓越及各地新华书店有售